わすれがたい光景

文化時評2000-2008

井出孫六

みすず書房

目次

二〇〇二年

目　次

二〇〇五年

目　次

二〇〇七年

二〇〇八年

目次

2000
|
2002

閑谷黌講堂（岡山県備前市）．岡山藩主池田光政の創設した庶民教育のための藩営の郷学．国宝の講堂は入母屋造，本瓦葺である．（1958 年 1 月撮影．毎日新聞社提供）

アイ・ラブ・坊っちゃん

昨秋四百人近い学生相手に明治文化の話をしたあと、漱石夫人夏目鏡子について書いた本はないだろうかと尋ねてきた女子学生がいた。二、三の資料を探しだし、さて何でこのようなものを読むのかときくと、新国立劇場の正月公演で「坊っちゃん」を上演するのだが、彼女が鏡子役になる予定なのだという。

最近の大学には社会人入学という制度があって、若い女優さんがまぎれこんでいてもおかしくはないのだが、さて君の相手役の漱石は誰が演ずるのかときくと、浜畑賢吉さんですという答えが返ってきて、わたしは二度びっくりした。いまや初老の域に達した名優浜畑賢吉がまだ紅顔の美少年だった中学生のころ、わたしは彼に英語を教えていたことがあったからだ。奇なるかな、わが二人の教え子が漱石夫妻を演ずることになろうとは。

それからまもなく、驚いたなあトモちゃんが先生の教え子なんですってねえ、と浜畑君から電話があって、わが教え子今津朋子が歌も踊りもこなすミュージカルの有望株だということをわたしは初めて知った。灯台もと暗しなのであった。追っかけ、浜畑君から招待状がとどいた。

わたしはむかしブロードウェイでミュージカルを観たものの、以来あれはアメリカの芸術であって短足の日本人には向くわけがないと思いきめ、浜畑君が出演した名作「キャッツ」すら観てはいない。いささかの偏見を引きずったまま出かけていった新国立劇場の正月公演ミュージカル「アイ・ラブ・坊っちゃん」は、意外や意外という形容詞をつけたいほどの出来栄えで、第一回読売演劇大賞の優秀作品賞になるだけの新鮮味をもって「坊っちゃん」を今日の観客に向けて蘇らせているように思えた。

わたしは映画はよく観る。新劇もしばしば観るし、能狂言にも足を運ぶが、いずれも観客の層はそれぞれに固定しているなかで、「アイ・ラブ・坊っちゃん」の客席の年齢にきわめて幅があることにも蒙を啓かれる思いがした。

幕がおりたのはすでに九時を回っていたが、素顔にもどった舞台の漱石夫妻がおそくまでわたしに食事をつきあってくれたことにも感謝。

（00・1・20）

21世紀万博のあるべき姿

四年前、鳥や昆虫、植物など二十枚ほどの写真パネルを掲げてパリにデモにいった喪服姿の女性の一団がいた。大半が初の海外旅行だった。愛知県瀬戸市の郊外、二百五十ヘクタールにわたって広がる里山「海上《かいしょ》の森」の山歩きを楽しんでいた主婦たちが、そこが万博会場の予定地になると知って、やもたてもたまらずに起こした行動だった。

彼女らの願いは空しく、「海上の森」はもう一つの候補地カナダのカルガリーを退けて、二〇〇五年の開催が承認されたが、「この主婦たちの素朴な運動は、二〇〇五年の万博を愛知県瀬戸市に誘致しようとする政府や県にとって、思わぬ強敵になるかもしれない」と新聞が伝えたのを記憶している。

開催をかちとった愛知県は、世論を慮って「自然との共生」という実現不可能なテーマを掲げることになったが、自然との共生を心底から考えるならば、愛知県は「海上の森」をそのまま、東京の晴海なり、千葉の幕張なりをそっくり借りきって二〇〇五年万博を主催するがよいと、わたしは思ったりした。少なくとも二十一世紀の国際フェスティバルはそうあらねばならないとさえ思うのである。

さて昨年十一月、博覧会国際事務局（BIE）のフィリプソン議長、ロセルタレス事務局長が来日して現地を偵察したのち、通産省の担当者たちに対して、万博と一体で会場予定地「海上の森」に計画されている新住宅市街地開発事業を「国際博覧会を利用した土地開発にすぎない」と激しく批判したという事実を、わたしは最近の新聞報道で知った。その一節を引くと、

フ議長　率直に質問させてもらおう…。愛知万博の後には、山を切り崩して土地開発をし、団

地を建てるのではないか？　ＹＥＳかＮＯかで回答願いたい。

万博推進室長　はっきり答える。それはＹＥＳだ。

（中略）

フ議長　愛知博には将来へのアピールがない。にもかかわらず、新住の開発が愛知博の陰にある。この絵を見て、私が感じる嫌悪感と同じものを世界は感じている。あなた方自身も同じことを感じているはずだ。

（00・1・27）

雛祭り

五月五日の端午の節供は中国漢代の文献にも残っており、この日に薬草をとり、蓬《よもぎ》の人形を門にかけ、菖蒲《しょうぶ》酒を飲んで災厄を除き、病魔を払うしきたりがあったという。そういえば、信州でもひと月遅れの六月五日、蓬を家の廂《ひさし》にさし、菖蒲湯につかって菖蒲を腹にまき、キュッキュッと引っぱりあって腹の中の虫を切った思い出がある。玄宗皇帝の夢に登場した鍾馗《しょうき》さまが端午の節供とともに朝鮮半島から日本にまで伝えられたのは仏さまの伝来ほどに古いのであろう。

三月三日の雛祭りも右に同じく奈良か平安のころ大陸から伝来したのだろうと思っていたのだ

が、さに非《あら》ず。雛人形を飾り、菱餅や桃の花を供え、白酒で祝う女の子中心のこの行事は江戸時代本邦でつくりだされた風習だというのは意外なことだ。宮廷行事としては一六二九年、幕府行事としては一六四四年が雛祭り関係記事の初見と、ものの本に記されている。

やがてそれは武家、町人社会にまで広がり、元禄のころになると人形や飾り道具が華美に流れ、禁令までも出るようになったというから、雛祭りが江戸時代の独創だったことが知れる。一対の内裏雛を最上段にすえ、三人官女、五人囃《ばやし》、随身《ずいじん》・衛士《えじ》、桜・橘にはさまれて箪笥《たんす》・長持ち・御所車《ごしょぐるま》など、人形製作の進歩と商品化によって、雛祭りはいや栄えることになる。

それにしても、男中心の封建社会だったはずの江戸時代に、女の子の幸せを願って雛祭りのような心温まる習俗が生まれ、それが都市の庶民のあいだにまで広がっていったことは注目してよい。十数年前、東京で国際ペン大会が開かれたとき、今日は雛祭りだといってその来歴を説明すると、世界の文士たちが目を輝かし、女の子の幸せを願う祝日なぞというのは世界のどこにもない、この日を国際ペンの「平和の日」にしようではないかと即決したのだった。

ものの本によれば、三月節供に紙雛を川に流す〝ひなおくり〟の風習があって、これが雛祭りの源流だという説もある。南佐久の北相木村に「カナンバレ」と呼ぶ女の子たちの古い祭りがあったが、いまも健在ならばぜひ行ってみたいものだ。

(00・3・2)

わが隣人・田中墾さん

2000

　わたしの住まいは三十数年前、武蔵野の麦畑をつぶし、二十区画ほどに細分化して売りだされた分譲地の一画にある。分譲地といっても盛り土がしてあるわけではなく、申しわけ程度のU字溝が設けられているだけの更地で、ガス、上下水道もなかったから、井戸を掘り浄化槽をしつらえて初めて家が建った。

　最寄りの駅まで徒歩二十分、雨降りには道がぬかるんでゴム長を必要とした。都心まで一時間半、決して便利とはいえなかったが、サラリーマンにとって、五十坪の土地に家が建てば良しとしなければならなかった。

　わが家とほとんど同時に、斜め前の区画に着工した施工主は田中墾《つとむ》さんといって、長野県警の本部長だが、近く勇退に備えてここに住まう予定だと大工さんを通じて知った。偉い人が隣になったものだとわたしは当惑気味だったが、決して華美なお屋敷というわけではなかった。夫人と四人のお子さんが隣人となったが、ご主人の姿がないので、きけば東北管区警察局長に任じられたというのだった。だが、ぬかるんだ道に黒塗りの公用車が横づけになるなどということは一度もなく、ときどきゴム長姿の局長さんを見かけるようになった。

親しくことばを交わすようになったのは、東北管区警察局長を退いて民間人になってからのことだ。近隣に、息子さんに死なれて路頭に迷うことになった老婆がいて、相談すると、じつに温かい適切なアドバイスをする元警察局長の姿に、わたしは心底感服した。

民間人となった田中さんが神学大学の夜間講座に通っていることや、近くの民家を改装して教会を建てようと情熱を傾けていることなどもそのとき知った。教会に関係する知人から、田中さんの神学理論には牧師さんが脱帽しているともきいたことがある。

新潟県警本部の不祥事が新聞をにぎわしていたさなか、三月三日の夜なか、書斎で仕事をしていたわたしは救急車が田中家の辺りで止まるのを耳にした。深夜目ざめて夫人に熱いお茶を所望したあと眠るように昇天されたと、翌日お悔やみの席で知った。枕頭《まくらもと》に読みかけの新訳カント全集があったそうだ。享年八十四歳。

（00・3・9）

閑谷《しずたに》学校を訪ねて

日本の最古の学校は八二八年空海が京都に開いた綜芸《しゅげい》種智院だといわれるが、現存する学校としては東の足利学校、西の閑谷《しずたに》学校がある。足利学校には何度か足を運んだことがあるが、足の便が悪いこともあって、閑谷学校にはこれまで行く機会がなかった。

広島からの帰り、わたしは岡山で降りた。赤穂線に乗りかえて三十分ほどで伊部《いんべ》という駅につく。旧山陽道に沿って焼き物で栄えた幾つかの町村が合併していま備前市となっているその玄関口。駅の案内板に、閑谷学校はここから車で二十分とある。旧街道に櫛比《しっぴ》する窯元の一軒で手ごろな湯呑みを一つ買いもとめ、わたしはタクシーに乗った。

しばらく旧街道を東に走って左折した車が谷あいの山道を四、五キロ上ったところで、突然視界が開け、山懐に抱かれるようにして閑谷学校がその全容を現した。

備前藩主池田光政が谷あいの閑寂にひかれ、ここを閑谷と命名し、士族でなく庶民の子弟のための手習い所を建てようと思いついたのは一六六六年のこと。学校の建設と経営に心血を注いだ学頭津田永忠が、学校を永遠の時間の中で考えていたらしいことが、その建物の構造からわかる。聖廟《びょう》と講堂を中心とした建物は欅《けやき》・檜《ひのき》・楠《くすのき》など吟味され尽くした堅牢《けんろう》な材質からなり、美しい屋根の瓦《かわら》はすべて備前焼。国宝にふさわしいこの建物を火災から護るためのさまざまな手当て。たまにお成りになる殿様のための門はできるだけ小さく、殿様の宿泊所は最も質素でつましい。生徒は美しい建物から学校の精神を学びとる。閑谷学校は明治になっても私立学校として生きつづけた。

帰途、タクシーの運転手さんが、この小さな町から、正宗白鳥、藤原審爾、柴田錬三郎と三人の作家が出ていることを教えてくれた。生前、わたしが親しく会った方々ばかりだ。なかでも敬愛する正宗白鳥さんの生家をぜひ見たいと、案内してもらった。海というより湖といったおもむきの瀬戸内の海辺に古い土蔵があって、空き地が小さな公園となっており、白鳥さんの略歴が掲げられている中に、閑谷学校を卒《お》えて東京専門学校（早大）に進む、と記されていた。

（00・3・23）

総合学習のスタートに

わたしが高校を卒《お》えて大学に入ったのは一九五一年のこと、この年読んだ書物の一部がいまも本棚の片隅にある。無着成恭編『山びこ学校』、長田新編『原爆の子』、壺井栄『二十四の瞳』、大関松三郎詩集『山芋』などがそこにまじっている。子どもたちのこのような個性的な記録がこの年一斉に教育の場から発信されてきた背景には、戦後教育改革の柱ともなった社会科の目ざす全人的教育への熱気があったからではないだろうか。

わたし自身は制度改革のはざまにあって恩恵を受けること少なかったが、石川達三さんの『人間の壁』が書かれるころまで、社会科には戦後教育の理想がこめられていた時代がしばらくの間はつづいた。社会科が政治の横波を受け、受験地獄のなかに沈没していった苦い過程はいま一度顧みられなければならない。

家庭教育の退化とか学級崩壊とかいう逆風が吹くなか、この四月から「総合的な学習の時間」が全国の小中高校で試行的にスタートすることに、じつはドキドキハラハラしながら注目しているというのが、いまのわたしの正直な気持ちだ。総合学習とは子ども一人ひとりの主体性を大切にし、思考力と視野を充実させるものだという点で、胸ときめくような期待を抱くのだが、この学習がこの国の民主主義の基盤構築にあるという国民的コンセンサスができているのかどうかという点ではハラハラせずにいられないからである。

総合学習には教科書があるわけはない。子ども一人ひとりの主体性を育《はぐく》むことこそが基本だからだ。教師にとってそれはドキドキするような実践だが、それには限りないエネルギーが必要となる。そのような条件がいま学校現場にあるかといえば、ハラハラせずにはいられない。総合学習は学校全体でとりくまなければ成功はおぼつかない。地域の教育力、家庭の教育力もこれをサポートしなければならなくなるだろう。とはいえ、基本は教師一人ひとりの、一人ひとりの子どもたちを慈しむ心だ。

幸い、長野県には総合学習の先駆形態ともいうべき全人的教育を積み重ねてきた歴史がある。ドキドキしながらその成果を見守りたい。

（00・3・30）

新緑のなかで

今年、東京では三月末に寒さが逆戻りして、四月の初めまで居すわっていた。例年ならば、桜の花は二分咲き、三分咲きと徐々に開いて、五分咲きから満開までに、二、三日かかるはずなのだが、寒さのなかで固かった蕾《つぼみ》が、二分咲き、三分咲き、五分咲きを省略して、ある日突然、満開になってみせて、人びとを驚かせた。初代中村富十郎が踊った娘道成寺の変化《へんげ》は、今年のような桜の咲きぶりに想を得たのではあるまいかと思ったほどだ。

桜にかぎらず、桃も梨も右にならって一斉に花開いたから、さぞそよ風も蜜蜂たちも多忙をきわめたにちがいなく、その手助けなしに実をつけることのできなかった花たちが多かったのではないだろうか。それにひきかえ、三月の寒さのなかで、二分咲き、三分咲きと、花の開くのがおそかった梅は、逆に今年は念入りに実をつけたことが、わが家の庭の一本の梅の木で確かめられそうだ。

桜や桃や梨がくびすを接して満開をきそいあっていたころから、わたしは仕事で一週間ほどホテルに缶詰めを余儀なくされて、ようやく解き放たれた日、都心から家まで車で送られて帰った。それにしても、都心のビルのなんと殺風景なことか。窓にカラフルな日被いでもつけ、バルコニーにプランターを置いてみるだけでも、人の心に潤いがうまれはしまいか。住宅街も右に同じ。塀ごしに花が咲いていたときには道ゆく人の目を慰めはしたものの、花が終わってみれば、庭はふたたび内向きに閉じて、素っ気ないいつもの姿にもどってしまっている。

高速道をおりて、三鷹の天文台通りにさしかかったとき、わたしが声を発するより早くタクシーの運転手さんが「なんて若葉がきれいじゃありませんか」と感嘆の声をあげた。武蔵野の雑木林をそのまま残した天文台の丘が、雨上りのなか薄陽をあびて、萌葱《もえぎ》色に輝いていた。桜の花がそうだったように、今年は新緑までもが、一夜の雨で一斉に燃えあがったように思えた。

四月二十九日をみどりの日と決めて十年。国会議員の思いつきでみだりに国の祝日を変えることにわたしは賛成しがたい。

（00・4・27）

鳴滝塾の卒論

シーボルトが長崎出島の商館付医官として着任したのは一八二三年のこと、いわゆるシーボルト事件によって長崎奉行から〈日本御構《おかまえ》〉（国外追放）を申し渡されて彼が離日したのは一八二九年であったから、在任わずか五年余りであった。その間、彼は許されて鳴滝に塾を構えた。

呉秀三博士の名著『シーボルト先生』（東洋文庫）第三巻には「門下として直接教を受けし人々」の章があって、シーボルトの謦咳《けいがい》に接した五十七名の門弟名簿とその略伝がかかげられている。

そのなかから、比較的知られている人たちの名とその出身地をひろいあげてみると、湊長安（宮城）、岡研介（山口）、二宮敬作（愛媛）、高良斎（徳島）、高野長英（岩手）、小関三英（山形）、戸塚静海（静岡）、伊東玄朴（佐賀）、石井宗謙（岡山）、川原慶賀（長崎）、伊藤圭介（愛知）と、キラ星のような文政の俊秀が並ぶ。全国から鳴滝塾に集まってきたなかには、十二歳の少年黒川良安（富山）の姿もあった。その多くが医家という経済的には比較的恵まれた階層ではあったけれども、支配階級としての士族は稀《まれ》であった。

維新までまだ四〇年の間があったとはいえ、これらの若ものの姿から、シーボルトはこの鎖《とざ》された国の変革のま近いことを予感していたにちがいない。彼は塾生に卒論のごとき研究論文を求めたという。たとえば、高野長英に日本茶の栽培と製法についてなどというように。塾生たちの卒論が、シーボルトの労作『日本』の成立に大いに役立ったというのは、ありうることだ。

連休を利用してオランダに出かけ、ライデンの町に立ち寄った。この四月、シーボルトの旧居が記念館としてオープンしたときいていたからだった。ライデン大学の構内にある日本庭園はシーボルトの持ち帰った日本の植生で亭々とおおわれており、小石川植物園と錯覚したが、小石川植物園がライデンの日本庭園に似せて作られたのかもしれない。大学にほど近い十九番地に記念館があった。長英の論文は見ずじまいに終わったが、鳴滝塾の卒論が収蔵庫に眠ってはいはしまいかと想像した。

（00・5・25）

兎追いしかの山

長野駅東口に集まり、知己うちそろってバスに乗り、斑尾《まだらお》高原に一泊して新緑を楽しむ会に馳《は》せ参じた。千曲川流域を何度か歩くなかでいくらか仕込んだ知識を披露したりして、バスガイドの真似などもした。

千曲川と犀川の合流する善光寺盆地は、古来、数えきれぬほどの洪水に悩まされてくるなかで、長芋やリンゴや杞柳《きりゅう》といった特産品をつくりだしてきた、その原動力も洪水にあったことなどなど。

バスは樹海のように茂るリンゴ畑を見おろして、須坂から小布施をかすめ、信州中野から豊田村へと、ハイウェイをなめらかに走りぬけていく。冬季オリンピックの副産物にはちがいないが、道路整備のかげに多くの水田やリンゴ畑が消えていったことに心を留めてみれば、「内務省堤防」とハイウェイをドッキングさせ、千曲川により添うような設計ができなかったかという疑問が湧いてくる。

豊田のインターをおりて飯山の街に入ると、千曲川の堤防に添った車道が整備中であり、沿道に桜の苗木が植えられており、十年後、二十年後の姿を想像すると、心が晴れる。道一本にも未来を見すえた想像力が必要な時代に入っていることを知らされた。

長野近郊の道路、たとえばアップル・ラインの沿道を飾る商業看板を見なれたものにとって、飯山近郊の沿道の看板の小ささが、逆に目についた。きけば、「兎追いしかの山、小鮒釣りしかの川」（豊田村出身の高野辰之作詞）に象徴される北信濃の景観を守るため、企業に要請して、必要以上に大きな商業看板を徐々に撤去していく運動がすすめられているというのだ。遠からず実現するであろう新幹線飯山駅受け入れのためにも、それは賢明な方向をさし示しているといえぬだろうか。

「兎追いしかの山」はひとり豊田村の占有物ではなく、信州全体の景観に普遍のものでなければならない。

帰京する車中、本紙を開くと、「木曾路から看板撤去へ、スキー場・ゴルフ場、広域連合と合意」という記事が目に入った。朗報というべきではないか。木曾の山や谷を覆いかくす国道19号線の広告塔が姿を消せば、木曾へのリピーターは逆にふえるにちがいない。そういう時代に入っている。

（00・6・8）

森鷗外の漢文脈

鷗外の年譜をのぞいてみる。本名は森林太郎、一八六二年、石見国津和野の城下に生まれた。森家は代々御典医を勤める家柄だが、現存する林太郎の生家は3DKにも足りない質素な平屋建てである。

五歳になると漢籍の素読に通って、論語を学んだ。六歳になると毎朝七時、祖母に送られて師匠の家に出かけて孟子を学んだ。七歳で藩校養老館に入学を許され、三年にわたって四書、五経、左伝、史記、漢書などの復読に通い、これらの課程を優秀な成績で修了した一八七一年、廃藩置県で藩校が閉鎖された。

廃藩置県の翌一八七二年、明治政府は「学制」を発布し、全国津々浦々に小学校を設置したのであったから、森林太郎は藩学つまり江戸期初等中等教育を受けた最後の世代ということになる。九歳にして林太郎は漢籍を自在に読みこなす力をそなえ、日記を漢文で記すほどの習慣を身につけていた。五歳で論語を諳誦《あんしょう》し、六歳で孟子を読み、七、八歳で四書五経、九歳で左伝、史記、漢書というカリキュラムが果たして妥当なものだったかどうかはにわかに断定しがたいけれども、今日わたしたちが難解と考えるものが、当時の子どもたちには砂に水がしみていくように頭に入っていったという事実は一考に値する。

森鷗外は若くしてドイツに留学し、西欧の芸術にも深い理解を示した類《たぐ》い稀《まれ》な作家だが、わたしは「舞姫」や「即興詩人」など前期の作品には文学史的関心はそそられても、心動かされる度合いは少ない。鷗外が陸軍軍医総監、陸軍医務局長という、官僚としての最高位に登りつめたのは一九〇七年、四十五歳のときだった。わたしが心動かされるのは、むしろ、鷗外が終始寄りそうように生きた明治という時代がゆらぎ、大正という新しい時代を迎えたとき、噴出するように書きつづけられることになる一連の史伝、歴史小説だ。幼少の頃たたきこまれた漢籍が、森鷗外という一人の作家の内部で長い時間をかけて熟成された美しい日本語となって紡ぎ出されているからである。

高校国語教科書に鷗外の「舞姫」と漱石の「心」(一部分)はM・Kとよばれて定番になっているという。高校生に鷗外、漱石を嫌いにさせる定番というほかはない。

(00・7・6)

小樽にて

小樽といえば、中江兆民や石川啄木の名が浮かんでくる。一時期、二人とも小樽で新聞記者をやっていた。くだって小林多喜二と伊藤整の名が浮かぶ。二人はともに小樽高商に学んで、のちに小説を書いた。この四人には、反骨、前衛性という点で共通するものがある。

学生時代に北海道を貧乏旅行したことがあるが、小樽は夜汽車で通りすぎてしまった。以来、北海道には何度か行く機会があったのに、小樽の街におりたった記憶がない。わざわざ目的をもって出かけていく都市でなくなってしまったからか。

かつて商業港として繁栄を謳歌《おうか》していたころ、小樽の人口は札幌を凌駕《りょうが》していたそうだ。〝北のウォール街〟とよばれる大通りには日銀、横浜正金、北海道拓銀などが立ち並び、運河沿いには三井、三菱をはじめとする海運会社の倉庫群が軒を連ね、さながら〝東洋のハンブルク〟という形容がぴったりする港町だったという。

久しぶりに札幌に行って所用のすんだあと小樽に足をのばす。駅を出て坂道を海に向かって下り、右に折れると、さびれた〝ウォール街〟に出た。日銀の斜向《はす》かいの古いビルに小樽文学館と市立美術館が同居していて、その入り口に「前衛と反骨のダイナミズム」というポスターが目につき、入ってみると、そこには大正アバンギャルドから昭和のプロレタリア美術運動に活躍した若き獅子《しし》のごとき画家たちの作品が一堂に蒐《あつ》められており、信濃美術館からも林倭衛の大杉栄を描いた「出獄の日のO氏」像なども出品されていて、わたしの目を娯《たの》しませてくれた。

美術史には頻出するが、初めて目にする、治安維持法下で暗殺された山本宣治の葬儀を描いた大月源二の「告別」、加藤悦郎の「十字街之図」、稲垣小五郎の描くポスターなどがとりわけ丁寧に展示されているのは、いずれも小樽の生んだ前衛と反骨の画家たちに再評価の光をあてることが、この展覧会の大きなねらいであるからだろう。

ぶらりと立ち寄った町で、東京に居たのでは観ることのできない宝物に出会えた満足感。埠頭の見える運河沿いの店で食べた特製ちらし寿司の安くて旨かったこと、至福の半日だった。

（00・7・13）

エコロジーのゆくえ

ドイツの生物学者ヘッケルが ecology という概念を初めて提唱したのは一八六六年、明治維新の二年前のこと。それから三十年近くたって三好学という学者がこのことばを「生態学」と訳してわが国に紹介したが、象牙《ぞうげ》の塔から世間一般に広まっていくことはなかったから、当時ぱりぱりの農政官僚だった柳田国男もエコロジーの何たるかを理解していたかどうかは疑わしい。

『柳田國男・南方熊楠《みなかたくまぐす》往復書簡』の第一信（明治四十四年三月二十一日付）で熊楠が國男にあてて「植物棲態学 ecology」について講義してきかせているくだりがあって、わたしをおどろかす。

十四年におよぶ欧米放浪の後半を大英博物館で過ごした熊楠は、帰国後郷里の紀州田辺で粘菌研究にうちこんでいたが、明治政府のうちだした神社合祀《ごうし》政策で各地の鎮守の森が消えていくのを憂慮している。田辺神島の森が伐《き》られることになり、ある日視察にきた県の役人に、酒の力をかりて詰めよったため、留置場にぶちこまれた経過をこと細かに記して、当時法制参事官の顕職にあった柳田国男に、この政策を何とかしろと迫って困らせている。思うに、南方熊楠はこの国の近代の最初の実践的エコロジストだったといってよい。熊楠が生きていたら、今日の地球の現状をどう見るだろう。

基地の島沖縄に世界八カ国の首脳が集まった。サミット共同宣言を見たけれども、地球規模の深刻な環境破壊については主要議題にならなかったようである。沖縄大学で環境問題にとりくむ宇井純さんの吐息が耳に残るばかりだ。「米軍兵士が少女暴行すると五十億円、知事が代わると百億円、名護に基地を作れば北部振興計画に毎年百億円ずつ十年間…目的を指定しない予算が沖縄の心を銭で買うために降ってくる」（「ＡＴＴ通信」21号）

世界の首脳がことば少なにそそくさと帰って行ったその日、信州に世界各地から約七百人の専門家がやってきて、国際植生学会が開かれている。その統一テーマ「地球的規模から地域的規模の植生学的展望——二十一世紀の新しいパラダイムを目指して」の成果に注目したい。

（00・7・27）

大森貝塚から百二十余年

エドワード・S・モースが日本近海の腕足類の研究のため横浜港に着いたのは一八七七年六月十八日のこと。二日後の六月二十日横浜から東京に向かう車窓から、彼は大森貝塚を見いだす。「大森貝塚は、東京横浜間の帝国鉄道の西側に位置し、東京から六マイル弱の距離にある。それは東京行の汽車が大森駅を発《た》ってすぐ車窓から見える。鉄道は、貝塚を縦断して走っており、線路を隔てて崖《がけ》と逆側の畑には、かつて貝塚を構成していた土器破片や貝殻が散らばっている。貝塚の長さは、崖沿いに約八九メートルあり、厚さは最大四メートルである」（E・S・モース『大森貝塚』岩波文庫）

東京、横浜間の鉄道が敷かれてまだ五年、線路で分断されたまま放っておかれた貝塚の様子が手にとるようにわかる。

東大の矢田部良吉らの協力をえて、モースはまもなく大森貝塚の発掘調査を行い、その結果を『ネイチャー』誌に発表した。日本考古学の画期的な幕あけだったといってよい。

発掘された土器を、その特色ある紋様から cord marked pottery（縄文土器）とモースが名づけ、縄文時代がこの国の歴史に定着したことに、それは示されている。

E・S・モースの『大森貝塚』には、縄文人のあいだに食人の習慣があったというような読み違いもなくはないが、全体に通底する科学的な態度が、この百二十余年前の発掘調査報告書をして日本考古学の古典たらしめているゆえんではないだろうか。『大森貝塚』には「付関連史料」と副題がつけられ、全体の半分が発掘品の精細な図録で占められている。

「大森貝塚は遺物がひじょうに豊富であることが判明したから、今回の最初の出版には、この貝塚から出土した土器の様々な形態・装飾を余すことなく図示するのが良いと考える。将来、他の貝塚が調査された際に比較の基礎とするためである」

モースのこの提言は明治時代の象牙《ぞうげ》の塔で継承発展すべくもなく、皇国史観のかべにもふさがれて、大きく出遅れたが、いま日本の考古学は歴史学のなかで最も刺戟に富んだ領域となって、わたしのような門外漢の胸までもときめかすような発見が相つぐようになっている。

（00・8・3）

雷道

この夏、信州の空には久方ぶりに、かみなりさまが勢揃《せいぞろ》いしてきておられる気配である。ここ八ケ岳山麓も、午後になると谷あいからわき出た入道雲がにわかに発達して、たちまち大粒の雨が大地をたたくようにして足早にやってくる。

雨音に気づいて、慌てて庭にとびだし、洗濯物を竿《さお》ごとかついでとり入れてみたものの時すでにおそく、屋根に干しておいた布団まですっかり濡らしてしまったりしたが、やがて沛然《はいぜん》たる雨の中、はらわたにまで響くほどのかみなりさまが鳴りわたると、腹立たしさ・うらめしさも消え、いつしか爽快な気分になって窓から空を眺めているのが、不思議だ。

むかし、母が夕顔を何本も細く引いて、縄にかけ、天日にさらした。すわ、夕立となると、家中総出で干瓢《かんぴょう》をとり入れるのがならわしだったことなどが思いだされる。夏休みのなかの、生活と結びついた風物詩だった。

雨に田と書いて雷となる。中国でも、古来雷は田に水を恵んで天に帰る神と考えられていたのだろう。恐れられこそせよ、忌むべきものではなかった。雷が怖ければ、蚊帳を吊《つ》ってなかに入っていろと追いやられたが、子ども心を納得させたわけではない。蚊帳の四隅には雷さまの好きそうな金具さえついていたのだから。「くわばら、くわばら」と口の中で唱えていればよいとも教えられたが、桑畑にも雷は落ちた。

ものの本によれば、京都の街に落雷の災害が頻発するなか、菅原道真の住む桑原にだけ落雷の災害がなかったところから、「くわばら、くわばら」の呪文が広まったという。天神さまと雷さまとが習合した背景には、結びつける「雷道」があったのかもしれない。

一つの雷雲の寿命は一時間たらずだが、新たな暖気が補給されると蘇える。晴れた日には川を遡《さかのぼ》る暖気流ができるので、山の雷雲はそれをのみ込みながら川沿いに下る。それが「雷道」だと気象予報に教えられた。

八月の初め、墓参りに佐久へ行った帰り、わたしは山中の「雷道」に迷いこんだものか、雷雨のなかに数時間さらされたが、パニックと背中あわせに夏の爽快感に身をひたした。

（00・8・31）

尖石考古館

三十年ほど前に初めて茅野に来たころ、奥蓼科行きのバスが南大塩の集落を通過するとき、ドーム型の風変わりな建物が目について寄ってみたことがある。

所狭いばかりに並んだ縄文土器の向こうから管理人ふうの老人が現れて丁寧な説明をしてくれたが、今思えば、尖石《とがりいし》遺跡を独力で発掘した宮坂英式《ふさかず》さんの最晩年の姿だった。

わたしの仕事場から十分ほど歩いて下ったところに尖石遺跡がある。赤岳をミニチュアにしたような三角石が土中から突き出ていて、石器などを磨いたらしい研ぎ跡がある。早朝の散歩で尖石のかたわらに立つと、赤岳の頂に日が昇った。疎林をかきわけ、一条の光が尖石めがけて射してきたとき、わたしはえもいえない荘厳さにうたれ、ここは縄文人の聖なる場所にちがいないと思いきめた。

宮坂さんが物故されてしばらく後、尖石に隣接した疎林のなかに新しい考古館が建ち、宮坂さんの発掘物はそっくりここに収められた。江戸時代に坂本養川翁《おう》が苦心して引いたという大河原堰《せき》のほとりに建てられた、小規模ながら風格のある建物を、わたしは日本一の考古館と、友人たちに吹聴した。

十五年ほど前、棚畑遺跡から〝縄文のビーナス〟というすばらしい土偶が発掘されて尖石考古館に収められ、いっそう輝きを添えた。

だが、縄文のビーナスが国宝に指定されるにおよんで、事態は変わった。にわかに参観者がふえ、彼女自身は何処《いずこ》へか移され、一時期そこにはレプリカが置かれていたらしいというのである。考古館がとり壊され、新しくなると知ったとき、わたしは、国宝になったからといって建て直すなんてと、いささか鼻白んだものだった。

ともあれ、今年の七月下旬、尖石考古館は三たび装いを新たにし、規模も機能も格段に充実して開館の運びとなった。それから一カ月後、まるで示しあわせでもしたように、尖石にほど近い中ッ原遺跡から、仮面をつけた女性の土偶が発掘された。仮面の下から、「ようやくあたしの居場所ができたので出てきてあげたの。これから考古学は劇的に変わっていくと思うわよ」と、いたずらっぽくささやくのが聞こえたように思えた。

(00・9・7)

老朋友

指折り数えてみると、十七年前、わたしは水上勉さんとご一緒に北京、西安、成都、桂林、上海の各地をめぐったことがある。その折、北京から上海までわたしたちをエスコートしてくれたのが、中堅作家の鄧友梅さんだった。

片ことの日本語ながら、痒《かゆ》いところに手のとどくような心配りを示す不思議な魅力をそなえたこの人物が、いったいどこで日本語をおぼえたのか。西に向かう夜汽車での語らいの中で、わたしはそれを知った。

彼はわたしと同じ一九三一年の生まれ。物心つくころ故郷の山東省は戦乱にまきこまれ、家族ちりぢりになるなか、少年は都市に流れでるほかなかった。そこには失業者があふれており、彼は気がついたときには山口県の徳山に運ばれ、軍需工場で働いていた。過酷な強制労働のなか、少年を陰に陽に励ましてくれたのは勤労動員中の女学生など三人の日本人女性だった。彼女らの励ましで、少年は生きぬくことができた。その数奇な体験が、のちに代表作『再見《さよなら》、瀬戸内海』に結実したという。

杜甫ゆかりの成都で中秋の名月を迎え、宿舎の楼上で観月の小宴を張り、わたしたちは荒城の

2000

月などを歌った。杜甫や李白の詩をつぎつぎに披露していた鄧友梅さんの口から突然〝デタデタツキガ、マールイマールイマンマルイ、ボーンノヨーナツキガ〟という片ことの童謡が洩れでてきたとき、わたしたちは愕然としたが、当の友梅さん自身、四十年近く凍結していたメロディーが突如溶けだし口をついて出てきたことにおどろいているかにみえた。心やさしい三人の女性たちの誰かに教わったものにちがいない。その成都の観月会が昨日のことのようによみがえる。

それから十七年、中国作家協会の招きで、わたしは久方ぶりに北京にやってきた。作家協会の副主席で老朋友《らおぽんゆう》の鄧友梅さんが出迎えてくれた。彼は、わたしの白くなった髪にいち早く目をとめ、自らのすっかり霜のおりたイガ栗頭に手をやったあと、オ互イ年ヲトリマシタネと、ふくよかな笑みをたたえて両手をさしだした。

この五月、中日友好病院に隣接して開館した中国現代文学館を訪問するよう取り計らってくれたのも、老朋友だった。

（00・9・14）

閩南の旅

閩《びん》とは、中国五代十国時代の十国の一つ。閩の首都は福州におかれたため、現在の福建省の別称ともなっており、遣唐使以来、わが国とは深い交流のあった地域だ。北京から福州へと飛び、閩南の幾つかの都市をめぐった。

明、清の時代、福州には琉球王国の出先機関として琉球館がおかれ、明治の初年まで盛んな交易が行われていたという。町を見おろす丘の中腹に、琉球墓とよばれる墓地もあった。管理のゆきとどいた沖縄式の亀甲墓には、いまでも縁者が香華をたむけに、沖縄からみえることがあるそうだ。

福州から泉州に向かう海浜に、万里の長城のミニチュアのような城塞があった。倭寇《わこう》の跳梁《ちょうりょう》に悩まされたころに築かれた遺跡だというのだが、その爪跡は歴史の彼方に風化しており、むしろ日中混血の風雲児鄭成功が、オランダから台湾を解放した英雄として評価が高まっているのは、中台関係を映してのことだろうか。

厦門《アモイ》の海岸から二キロほどの沖合いに浮かぶ島影が台湾領の金門島だというのは、意外だった。靄《もや》にかすんで肉眼では見えなかったが、金門島には大陸向けの大きな看板に、三民主義で中国統一というスローガンが描かれ、厦門側には金門島に向けて一国両制統一中国の文字が掲げられているばかりで、一触即発の緊張というものは、そこにはなかった。

泉州の茶館に招かれて聴いた「南音」という古代音楽が興味深かった。琵琶、尺八、奚琴《けいきん》、三線の四つの楽器からなる四重奏を基調として歌も入る。むかし長安でさかえたこれらの楽器は、中国では衰微し、かろうじて商業港泉州にだけ命脈を保っていたものを、いま伝統音楽として再生に力を入れているのだという説明があった。その夜、聴いた曲は、「風打梨」「南海賛」「梅花操」「暗想暗猜」、いずれも哀感をたたえた美しいメロディーだった。

「南音」は古代音楽の化石にたとえられたりするが、琵琶、尺八はおそらく遣唐使の時代に名もそのまま日本に伝わって広く行われ、三線は琉球にもたらされ、琉球音楽の基調となっていまなお盛んだ。音楽が「海上の道」でつながっていることを知った宵だった。

(00・9・28)

いま農業高校は…

戦前、信州には各郡にユニークな農学校があって、農家の後継者たるものは、多くがそこで学び、地域の担い手になっていくという仕組みができていた。地域に根ざした教育システムだったといってよい。

戦後教育改革のなかで、農学校は農業高校となったが、農業人口の減少など社会構造の変化にともなって普通高校に編成変えになったものも少なくない。今日まで農業高校の看板を掲げつづけているのは長野県下に八校を数えるのみになっているそうだが、進学競争のはざまにあって、その特色を保つにはさまざまな苦労があったにちがいない。

下伊那農業高校の創立八十周年を機に、初めて同校を訪れ、八十年の校史の輝きの一端を見た。校長室に「Boys be ambitious! Inazo Nitobe」という扁額《へんがく》が掲げられている。新渡戸稲造博士が来校したのは世界恐慌の起こった一九二九年のこと。新渡戸さんは「学如登山」というもう一枚の扁額も残していった。

一九四八年、男女共学の農業高校に改まったとき、新しい校歌を下伊那の生んだ近代詩人日夏耿之介さんが作り、仏文学者の小松清さんが曲をつけた。

時のながれのさがしくて
山はかたちをかゆるとも
川は濁波をあぐるとも
農はわれらのいのちかな

見ず知らずの来校者に丁寧な挨拶をする生徒たちの目に輝きがある。きけば、十年来、中国蘇州農業学校と交流をつづけ、カンボジアに農場を開いて現地の孤児院とも提携しているという。生産流通科、農業機械科、園芸クリエイト科、食品化学科、生活科という五学科は、変貌をとげる農業に対応して実践が重視されている。温室にはブラジルから送られてきた「黄金の滴」というミカンが育っていた。

伊沢校長先生によれば最近受験倍率は一・六倍にもなり、全国的にもいま農業高校はエキサイティングな学びの場になりつつあるという。全国農業高校の研究集会で木材をチップ化して牛の飼料にする研究を発表した生徒がいたそうだ。成功すれば日本の里山の蘇生に連なるかもしれない。

（00・11・16）

峠に立つ

「山のあなたの空遠く／幸住むと人のいう」というカール・ブッセの詩に行きあった中学生のころから、わたしは峠歩きをおぼえたのだが、秩父事件を調べるようになってから、病膏肓《こうこう》の感がなくはなく、いまでもときどき足が向かう。

国土地理院の五万分の一の地図で「寄居」「万場」「秩父」「三峰」の四枚をはりあわせると、秩父盆地がほぼ見わたせるのだが、仙元《せんげん》峠、将監《しょうげん》峠、雁坂《かりさか》峠、十文字峠、三国峠など二十八の峠が首飾りのように、この盆地を外界からへだてている。けれども、峠を人や文物の交流ルートととらえれば、秩父盆地は外界と二十八のチャンネルでつながっていたと見ることができる。

まこと秩父は峠の国だが、盆地のなかにも有名無名の峠が無数にあって、村と村を結び、集落と集落をつないでおり、わたしは「ゆうに百をくだるまい」と書いたことがある。峠というチャンネルの伝播《でんぱ》力は一八八四年の秩父事件を考える鍵とも考えた。

秩父事件に関心をよせて十五年ほど盆地とその周縁を歩いてきた「峠の会」（代表大島文二郎氏）から「秩父事件関連推測範囲の峠名一覧」という労作を送っていただき、感嘆した。秩父盆地を中心に、群馬、長野、山梨、多摩にまで波及したこの事件の裁判調書などをもとにして、国土地理院二万五千分の一地図六十四枚分の範囲の峠を、当時に遡《さかのぼ》って拾いあげたものだが、峠四百八十四、坂十九、越二十八、その他タワ・タル二十四を合計すると五百五十五カ所となる。そのうち秩父盆地に限ると百九十。わたしがかつて推測した数の約二倍となる。

しかも、全域五百五十五の峠のうち、現在の地図にその名をとどめているのはわずか百四十五という資料説明がわたしを愕然《がくぜん》とさせる。わずか百年そこそこのあいだに、四百十の峠が消えていったことになる。近代交通体系のなかで峠が瀕死の重症に喘《あえ》いでいることが、この一覧から見てとれる。

いまさら峠の復元を唱えてみてもはじまらない。けれども、日本人が忘れはててきた共生の視線を、新世紀の関頭でもう一度心にかきたててみることを、これらの数字は求めてはいないか。

（01・1・4）

「秋田蘭画」展

江戸の中期、秋田藩主佐竹曙山は蘭癖《らんぺき》をもってきこえる殿様だった。自ら洋風の絵を描いただけではなく、周辺に同好の士をあつめ、後世「秋田蘭画」とよばれる特異な芸術空間を、東北の一郭に形成した。なかでも、支藩角館の俊才小田野直武は、伝統的な日本画からはみだすような陰影と遠近をもつ大胆な画面構成で見るものを驚かすような作品を数多くのこし、三十歳で夭折《ようせつ》した不思議な画家だ。

鉱山開発のため、平賀源内が秋田藩に招かれて行ったことは、その手記で明らかだが、角館に立ちよった源内が若い小田野直武に陰影法を授けたという伝説がのこっている。床の間にあったお供餅《そなえもち》を描いてみよと源内に指示されて直武が画帖に描いたのは◎（二重丸）でしかなかったというのだが、源内が角館に立ちよったのが八月の盛夏である以上、お供餅がそこにあったはずはないだろう。

それは明らかな伝説にすぎないとして、源内を追うようにして江戸に出た直武に、翌年あの有名な『解体新書』の解剖図を描く縁をとりもったのが平賀源内であることは動かしがたい事実だ。

一昨年の正月、わたくしが角館に出かけていったのは、そこに行けば小田野直武の作品が見られるかもしれないという期待からだったが、角館の美術館には、わずかに『解体新書』の初版本があるばかりで、直武の絵は各地に散ってしまっているときいて、徒労に終わった。

さて、この正月ぼんやり新聞をめくっていると板橋区の区立美術館で「秋田蘭画」展が開かれているという案内が目に入り、わたしははじかれたように電話帳をくって連絡をとると、明日まででで終わるという。おっとり刀といった風情で、わたしは最終日にかけつけ、江戸の中期、突然変異のように東北の一郭に華開いて消えていった秋田蘭画の全貌に接することができた。

秋田県内のほか、全国各地の所蔵家のもとを尋ね歩くと際限のない時間と労力が必要なことを考えれば、年頭心充《み》たされた。所蔵品の多くない公立の小美術館にとっては、学芸員が精魂こめて準備する企画展こそが生命であることをあらためて痛感する。

（01・1・11）

粥占い

田は古い漢字だが、畠と畑は漢字ではない。思うに、漢字が日本列島に輸入されてから、誰かが白田、火田からヒントをえて、畠、畑の二文字を考案したのであろう。

畠と畑はどう違うのか。白川静さんの『字通』には、白田は水田、火田は焼畑のこととみえる。

イネというものがもたらされる以前ハタケはすべて焼畑だったにちがいなく、イネが入ってくることによって、水利のよいハタケには水が引かれるようになり、畠と畑が分化していったのであろう。

わたしがよく出かけていく秩父盆地の耕地は、山の斜面を伐《き》りひらいたものであって、ほとんどが火田（畑）だといってよい。眼下に荒川の流れが見えながら渓谷は深く、水は引いてこれないから、畑作は適度の雨にたよるほかない。

小鹿野町の馬上《もうえ》という三十戸ほどの集落に、小正月の粥《かゆ》占いの神事があって、畑作農民のエートス（習俗）に根ざすかのように、いまもつづいている。十センチほどの篠竹四十五本を、楮《こうぞ》の繊維でしっかりと編んで簀《す》巻きにする。一月十四日の夜、お諏訪さまに集まった人たちは、大鍋にこの簀巻きを立て、毎戸持ちよった洗米とともに火にかける。大鍋が沸騰して、簀巻きが泡に埋もれる瞬間、大鍋を自在鍵もろとも火から遠ざける。これを三度繰り返すと、粥は煮上がり、簀巻きは神前に供え、粥は集まった子どもたちにふるまわれる。

翌朝、零下十度に冷えこんだお諏訪さまの社殿で、簀巻きを小刀で解き、四十五本の篠竹を割っていく。内側の皮膜の湿り具合で占いが始まる。最初の十二本は十二カ月の晴雨、次の三十本は粟、ヒエ、ソバ、麦、大豆、小豆などの豊凶、そして残る二本は今年一年の雨と風が占われる。最後の一本は大世を占う。大世とは日本国の政治経済、いうならば天下の形勢を占うのである。

午前八時、篠竹の簀編みが解かれる瞬間、屛風のように立ちはだかる観音山の稜線が金色に輝いて、冬の遅い陽が昇る。一条の陽光がお諏訪さまの社殿にさしこんでくるという効果で、粥占いはクライマックスに達する。三十種のなかで今年ぬきんでて豊と出たのは蚕だったが、悲しいことに馬上耕地にいま桑畑は残ってはいない。

（01・1・25）

一八九九年 横浜海港検疫所

歴史年表をみると、幕末から明治二十年代にかけて、しばしばコレラやペストが各地に発生し、猛威をふるったと書かれている。それは、安政年間に欧米諸国と結んだ不平等条約と深くかかわっていた。日本の主権による検疫が拒否されていたからである。

たび重なる条約改正交渉の末、外相陸奥宗光の手でようやく平等な日英通商航海条約が結ばれ、それにもとづいて海港検疫法が公布されたのは一八九九年二月のことだった。

入港する外国船にペスト患者はいないか、それを監視するのは、危険な仕事だった。患者の便からコレラ菌やペスト菌を顕微鏡で検出するのは、高度な技術を必要としたが、ダーティーな仕事でもあった。

そんな医者がいるだろうか。内務省から伝染病研究所に問い合わせがあって、新設の横浜海港検疫所に、検疫官補として派遣されたのが、伝染病研究所に助手補として入所してまもない弱冠二十二歳の野口英世だった。着任してまもなく、香港からやってきた亜米利加丸に二人のペスト患者が発見されている。

以上の経過を、わたしは昨年発行された『今ふたたび　野口英世』という不思議な本で教えられた。「不思議な」と書いたのは、この本の成り立ちからして風変わりなのである。

あとがきによれば、横浜港に隣接する長浜に、百年前に建った検疫所の細菌検査室をなんとか遺したいという保存運動が起こって、「ながはま」という機関誌を出すことになった。十八年間で二十三号まで、検疫所と野口英世に関する記事で埋められた。市民運動はもりあがって、風雪にさらされていた「野口ゆかりの細菌検査室」は横浜市の尽力で長浜野口記念公園の一角に整備・保存されることになったという。

二十三号におよぶ機関誌「ながはま」に掲載された文章三百九十篇のなかから、六十五篇を選んで四百三十四ページのマニアックなほどに分厚い本ができあがった。野口英世は検疫所在任わずか半年、翌一九〇〇年十二月五日に、同じ亜米利加丸に乗って、フィラデルフィアに向けて横浜をあとにしている。

（01・2・1）

蘇った木曾馬

一九七五年一月わたしはテレビ局の人たちと開田村にいた。最後の木曾馬第三春山号が、人間でいえば白寿にあたる二十五歳という高齢で、名古屋大学に送られて学術解剖のあと剝製《はくせい》保存されることになったというので、別れの場面を番組にするためだった。

御岳の山麓は白皚々《はくがいがい》、気温は氷点下十数度、風呂上りの手拭《てぬぐい》がたちまち板切れのように凍りつく寒さに都会のテレビマンたちは縮みあがっていた。

馬の送別会と称して、人間たちは酒宴を張った。獣医を兼ねる元村長の伊藤さんは、木曾馬の来歴を語ってくれた。木曾馬と農民のかかわりは木曾義仲などより遥かに古く千五百年に及ぶこと、体高四尺五寸の短軀《たんく》は山地に適し山村労働の中心になったこと、戦時中陸軍は軍馬改良の名のもと、木曾馬の牡をすべて去勢してしまったこと、第三春山号は松代の神社に奉納されていた神馬の仔として辛うじて純血を保ったことなどなど。

翌朝早く、最後の木曾馬がトラックに乗せられてゆくところはテレビで中継されたが、リポーターのわたしは番組それ自身を観てはいないから、引き取りに来村していた名古屋大学の若い先生が出発にあたって短い挨拶をした場面がテレビに映し出されたかどうか。ちょうどそのころ名馬ハイセイコーが引退し、種牡馬に転じて一回の交配料が一億円と騒がれていた。しかるに、最後の木曾馬第三春山号の剝製代二百万円を業者の篤志に仰がねばならない学術の貧困を、助教授が悲憤をこめて語ったのを記憶している。春山号を送るその場に、農水省からも県からも何のメッセージもなかったのが淋しかった。

それから二十六年の歳月がたち、ある日名古屋大学名誉教授富田武さんから突然お便りがあった。即座にわたしは、春山号引き取りに来村した若い助教授を思いおこした。わずかに残る混血の木曾馬の数代にわたる交配から、二十六年という歳月をかけて、ほぼ純粋に近い木曾馬が復活したという富田名誉教授の報告を、わたしはしみじみと読み返した。

（01・3・22）

三人の絵師展

わが家は最寄りの駅から徒歩六分の距離にあって、道筋は比較的単純である。初めての訪客には電話で道順を伝えることにしており、十人中八人はすぐ分かりましたといって現れるが、十人中二人ほどは約束の時間を三十分すぎても現れず、とんでもないところから公衆電話でＳＯＳを送ってくることがある。

相手は汗をふきふき「方向音痴でして」と恐縮しきりなのだが、わたしは逆に、電話での道順の伝え方がまずかったと反省しながらも、わたしと彼の地図感覚、言いかえれば目の付け所に本質的な差があるのではないかと思ってしまう。

東京の京橋に、地図関係の書物ばかり並べているユニークな本屋があって地図マニアにはこたえられぬ空間になっているのだが、ある日二階のギャラリーで「三人の絵師たちの天空からの眺め展」という不思議な展覧会が開かれていた。鳥羽僧正、広重、北斎の伝統をつぐ現代の三人の絵師とは、マンハッタンのビル群をマニアックなほど克明に描く「都市鳥瞰図絵師」の石原正、川の源流から河口までを一枚にまとめあげる「絵地図作家」の村松昭、宇宙ステーションからでも見たようにシベリアや南極大陸を細密に描きあげる「パノラマ・イラストレーター」の友利宇景のお三人。

石原正さんの「ニューヨーク二〇〇〇」をカバンに入れていけば、どんな方向音痴の人でもマンハッタンで迷うことはあるまい。友利宇景さんの描く日本列島を見れば、この国の山地がいかに傷ついているかが一望におさめられる。村松昭さんは川の絵地図ができ上がるたびに送ってくださり、わたしは村松絵地図をたよりに荒川や千曲川を歩いた経験がある。村松絵地図は流域の歴史や名所旧蹟、物産、動植物、春夏秋冬、桜、紅葉の見頃、橋やダムなど、あらゆる要素のもりこまれた不思議な四次元の世界。

三人の絵師たちの眼と作品は三者三様、しかし共通する点は一枚の作品に途方もない時間と清貧がもりこまれていることだ。

（01・3・29）

ワサビア・ジャポニカ

植物図鑑でワサビの項をみると、「日本原産の多年生の水生草本、アブラナ科、学名は wasabia japonica」とある。イネが渡来するはるか以前から日本列島に自生していた植物なのであろう。

ワサビは気温一〇―一三℃の冷涼な空気と有機物を含まぬ水温九―一二℃の清澄な水を好み、直射日光の射さない渓谷にそった勾配五―一五度ほどの湧き水地帯にひっそりと生えている繊細な植物だったから、房総の海浜でもっぱら魚介を食していた縄文人の食卓などには届かなかったのではなかろうか。

信州の山間《やまあい》ではソバの薬味として意外に早く用いられたかもしれないが、江戸ッ子がワサビの味を知るには十九世紀を待たなければならなかった。文化年間、江戸深川の松が鮓《すし》でサバの生臭さを消すためにワサビを用い、文政年間、霊岸島の鮓屋与兵衛がコハダのにぎりにワサビをはさんで、大いに評判を博したと、ものの本に見える。

鼻腔《びこう》の奥をツンと刺すようなワサビの辛味は、江戸ッ子の嗜好《しこう》に迎えられ、たちまち人気をよんだころ、いまわたしの住んでいる武蔵野のハケとよばれる湧水《ゆうすい》地帯にワサビ田が広がっていったらしく、ワサビで建ったような農家の土蔵が散見される。昭和の初め、目黒から府中に東京競馬場が移ってくるについては、何枚ものワサビ田が潰《つぶ》された。いよいよ競馬場が賑々《にぎにぎ》しくオープンされたその朝、パドックに無数の五寸釘が散乱していて、出走がとりやめになったという。武蔵野のワサビ農家の受難の始まりだった。以来、急速な市街化と地下水の減少と水質の悪化とで、武蔵野からワサビの姿は消えていく。

わたしの散歩のエリアに、一軒だけワサビ田の孤塁を守る農家が残っており、たまに新鮮なワサビを分けてもらうことがある。崖下に湧く水を斜面に流して、ワサビ、セリ、クレソン、石菖《せきしょう》などが植えられている。そのロケーションに、わたしは信州の山間の棚田を重ねてみて、よしこれはいけるぞなどと空想に耽《ふけ》ってみることがある。

（01・4・12）

砥川・東俣川を遡る

連休の一日、下諏訪に出かけた。東京の新聞にまで下諏訪ダムの記事が出て質問されたりするのに、現場を見ていなかったからである。全国的に名を知られることになった砥川、東俣川とはどこを流れているのか。見当もつかぬまま、甲州街道と中山道の交わる十字路でうろうろしていながら、ふと右手に目をやると「東俣の自然と名水を守ろう！　水と環境を守る医師の会」という垂幕《たれまく》の出ている家がある。最近読んだばかりの本の名が頭に浮かんだ。『脱ダム讃歌』の著者武井秀夫さんの医院にちがいないと気づいて、呼び鈴を押すと、院長先生はご在宅であった。「午後の診療時間まで間があるので、ご案内しましょう」という武井さんのことばに甘えて、まず砥川の河口から二・七キロの堤防と六つの橋と鉄橋を見て回った。砥川は市街地に至って天井川となり、水面よりも低い家並みが何カ所かある。長いこと浚渫《しゅんせつ》が行われなかったことが信じられがたく、一刻も早く浚渫を行う必要があるとみた。天井川にかかる橋に太い橋脚がついているのも危ない。流木がひっかかれば、たちまち水をせきとめて、洪水となる危険がある。これまでの土木行政に民意が届かなかった証左と、わたしは見た。

砥川は諏訪大社春宮を右にみて、中山道（国道１４２号線）と平行に和田峠に向かって延びていくが、そこはまた御柱街道とも重なっている。落合橋をすぎると右手に木落としの坂が立ちはだかり、ここで御柱街道は中山道と別れて砥川の支流東俣の渓谷へと入っていく。八島湿原から滲《し》みでる清水は、観音沢から東俣川へと流れ、天然のウラジロモミの巨木を育《はぐく》んできた。

三キロほど遡《さかのぼ》ったところに車をとめるに足る空き地があったが、そこは伐《き》りだされた神木ウラジロモミの勢揃《せいぞろ》いする御柱山出しの広場だった。谷川におりていくと、新緑と不釣り合いなコンクリートの横穴があった。ダムサイト建設のための試掘坑だという。下諏訪ダムは青写真の段階で、神意と民意に耳傾けることを怠るという誤算をおかしていたのではないかと、わたしは思った。

（01・5・10）

武蔵丸の相撲道

夏場所へのわが関心はもっぱら東大関魁皇の綱とりにかかっていたのだが、三日目琴光喜、四日目朝青龍と、たてつづけに敗退したことが不甲斐《ふがい》なく、貴乃花の独り勝ちなど見ちゃいられないよと、わたしは途中からテレビ観戦をやめてしまっていた。

さて千秋楽の大詰めはいかにと、久方ぶりにテレビをつけると、十四日目貴乃花が武双山に敗れ出場を危ぶまれるほどの重傷を負ったことで、局面が一変していたことに驚かされた。本割で武蔵丸に敗れれば、さらに優勝決定戦が待っている。足の傷は大丈夫なのかと、国技館に重苦しい雰囲気が流れるのが画面に伝わってくる。力士生命にもかかわる貴乃花の出場をとめられない相撲協会の危機管理の不在を露呈したかにもみえた。

じっさい、本割の勝負は武蔵丸が体をかわした瞬間に貴乃花は無残に土俵に這《は》った。十分間の休憩中も、テレビは貴乃花の膝と肘の新たな傷口を映しつづけたが、ドクターストップはかからず、重苦しい空気はいや増した。十分後の優勝決定戦で、武蔵丸の巨体があっけなく土俵上に裏返しになるなどと予想した人が一人でもいたと信ずることはできないが、奇蹟は起こった。武蔵丸を投げとばしたあと、いつも無表情を装う貴乃花の顔が仁王のように変わった。

いつになく総理大臣自らが土俵にかけ上ってきて、「痛みに耐えてよく頑張った。感動した。おめでとう」と興奮気味に異例の賛辞を贈ったこととともに、今年の夏場所千秋楽は永く相撲史に語りつがれるにちがいない。

マスコミも貴乃花の超人的優勝をたたえたが、一連のドラマを観ながら、わたしは、もう一人の主役である武蔵丸の「思いっきりいけねえじゃん。まあ負けは負けだね」という敗戦の弁のほほえましい響きに耳を傾けた。思いっきり当たっていたら貴乃花の足は挫《くじ》け折れたかもしれない。本割で武蔵丸はいかにも困惑したように体を右にかわし、決定戦では貴乃花に簡単に上手を許した。武蔵丸の相撲道が、相撲協会を救った。

（01・5・31）

ジパング

ベネチアの商家に生まれたマルコ・ポーロが、父ニコロ、伯父マッフェオとともに中央アジアを陸路東に向かったのは一二七一年、そして無事故郷に帰還したのは一二九五年のこと。当時中国大陸は元の支配するところであり、文永・弘安の役によって玄界灘は極度の緊張状態におかれていたから、イタリア生まれの無鉄砲な若ものは、ついに〝黄金の国〟と伝えられる東方の島国を杭州の辺りで遠望したまま、西へ引き返さざるをえなかった。

英語の Japan が『東方見聞録』にみえる Jipang に由来することは明らかだが、そのジパングという呼称はどこからきたのか。この疑問を、バイリンガルの作家リービ英雄さんが西安から洛陽に行く「旅遊列車」のなかで解き明かしてくれている。(『図書』二〇〇一年七月号)

たまたま同じ車両に東南アジアからきた二十名ほどの観光客が乗りあわせ、英語をまじえた賑《にぎ》やかな会話が耳に入ってくるのだが、北京語しか知らないリービさんには、盛んにとびかう南方方言は全く聞きとれない。向かいに座った二人のうちの一人は北京語が通じ、

「あなたはどこから来ましたか」

と尋ねられたので、リービさんは「日本(ルーベン)」と答え、北京語でさらに「私は米国国籍です。が、ルーベンから来た。ルーベンに定住している」とつけ加えた。

相手はリービさんのことばを傍らの仲間に南方方言で説明する。全くちんぷんかんぷんなことばのなかに「ジパン」という音だけが聞きわけられたというのだ。北京語のルーベンは南方語ではジパンという発音になる。リービさんの文章をそのまま引くと、こうなる。

「「ジパン」は、聞いているぼくの頭の中で、大きく響いた。「ジャパン」にあまりにも似た発音

だったのである。首都が杭州だった頃に、ヨーロッパから中国大陸に来たマルコ・ポーロ、もしくは同じ時代の人が、そのような国名を耳にして、ヨーロッパに持って帰った。日本（ジパン）、日本国（ジパング）。旅人の耳にあたったこのような音から、「ジャパン」が生まれた」

（01・7・5）

五十歳になった一年生

時は一九五三年、所は下伊那郡会地村（現阿智村）の小学校、一年生の担任となった熊谷元一先生は休み時間や放課後はむろんのこと、授業中も教室にカメラを持ちこんで、折につけ子どもたちの姿を撮りつづけた。それはやがてまもなく岩波写真文庫の『一年生』という一冊の写真集となって注目をよび、第一回毎日写真賞を受賞した。

入学の日の緊張しきった記念撮影を除くと、被写体となった子どもたちには、撮られているという意識は全くといってよいほどになく、一人ひとりの表情は生きいきとして輝き、動作も躍動感にあふれている。とはいうものの一年生にとって長いお話は苦手で、校内放送で聞く校医の歯の話は五分ともたず、十五分後にはクラス崩壊の状態になってしまうことがカメラでとらえられていたり、休み時間にとっ組みあいの喧嘩があったり、授業が始まってもいじけた子が廊下にうずくまっていたり、放課後のお掃除で雑巾《ぞうきん》がけの子に馬乗りになるガキ大将がいたりもする。

思うに、今日、喧嘩の仲裁もせず、それをカメラに収めている教師がいたりしたら、たちまち世の指弾を浴びるにちがいないが、熊谷学級はこの撮影も含めて多彩な教育実践の場だったことが、写真から伝わってくる。

数日前、『五十歳になった一年生』という写真・文集が「熊谷元一と一年生の会」から送られてきて楽しく読ませていただいた。その第一部「なつかしの一年生」は担任熊谷元一先生の写真の再録、そして第二部「五十歳になりました」は、恩師熊谷元一さんの米寿の祝いを機に、四十数年ぶりに伊那谷で開かれた熊谷学級の同級会の記録という構成。

五十歳の教え子たちの近影は米寿を前にした恩師の撮ったもので、「もう一ぺん教え子を訪ねて写真を撮ったら教師としてやり残した教育を成し遂げられるような気持」で最後の家庭訪問をして撮影したものだという熊谷さんのことばがこの写真集の帯に記されている。


（01・7・19）

風のつどい

七時雨《しぐれ》山の〝風のつどい〟に来ませんかと誘われたのはこの冬のことだった。

東京が連日三五度の猛暑がつづくなか、七時雨という山の名にひかれて、〝風のつどい〟に出かけることにし、盛岡駅に降り立った。そこで車に拾われ北に向けて走ること一時間余、七時雨山は奥羽山脈の最奥端に位置し、山をまいて走る旧い街道は、鹿角《かづの》・花輪をぬければもう津軽に通ずる。

山麓に広がる四千ヘクタールの草原となだらかな山容はどこか蓼科に似ており、リゾート法が成立するとまもなく、大手不動産がここにスキー場・ゴルフ場・リゾートマンションなどの青写真を描いたのだという。

当時、山麓にはたった一軒の山小屋があるだけで、この計画を知った山小屋常連の二人の女性が七時雨山の大規模開発に反対してかけ回った。北上川の源流域ということもあって、地元盛岡の自然保護協会も動きだし、「七時雨の自然と語ろう会」が生まれ、毎夏、全国各地からやってくる人たちによって〝風のつどい〟がいつとはなく開かれるようになった。

さいわい、バブルがはじけるなかで、大規模開発の青写真は立ち消えとなり、七時雨山の自然はそのまま生き残ることとなったが、会場で受けとった会報は六十号になんなんとしている。

北は北海道から西は大阪まで、集うもの四百人。七時雨とはその字の通り、一日に七回しぐれるという気象の変化のはげしい地形だが、この日、山の天気は快晴、青天井のもと、ドイツからかけつけた女性科学者今泉みね子さんが現地のエコツーリズムについて語り、わたしも長野からの小さな報告をした。夜に入って宗次郎さんのオカリナ、上条恒彦さんの熱唱が〝風のつどい〟

を盛り上げた。

奥羽山脈を貫いて走るこの鹿角街道こそ、明治の初め、冤罪《えんざい》の田中正造が手鎖をうたれて花輪の獄に引きたてられていった道だ。夜にいたって、やませがはりだしてきて、草原には骨身にしみるような風が舞った。


（01・8・2）

犬の復権

どこまでも続く畑中の道を、犬が一心不乱に歩いていく。オーイ、お前は何の用でどこに行くんだと問いかけてみたいような、そんな光景が幼い日のわたしの記憶のなかにある。

考えてみれば、つい半世紀前まで、犬は鶏と同じように、つながれもせず庭先で飼われており、出入り自由だったが、子供に嚙《か》みつくことなどはなかった。

もっと昔、民俗学者の柳田國男が幼かった明治の初めの頃、犬は家で飼うものではなく、ムラで飼っており、鎮守の社の縁の下で仔が産まれると、子供たちがめんどうをみたものだと、柳田は語っている。

マレーシアからタイの農村を歩いたことがあるが、ムラの広場には子供の数と見あうほどの赤犬たちが豚や鶏とともにはなはだ自由に動き廻っている風景にしばしば出あった。豚や鶏には人間に食料を提供するだけの役割しかないように見えたが、犬にはもうひとつちがう役柄があって、和気藹々《あいあい》の犬社会を形づくっているように見うけられた。犬たちには、危険な野生動物から豚や鶏、ひいては人間生活の安全を守る役割がふりあてられているのだといった存在感。

狂犬病の予防注射が義務づけられるようになったのがいつかは知らないが、モータリゼーションの深化によって、わが国の犬はしばしばアスファルトの上で犠牲となった。犬は鎖につながれるようになって、泥棒除け以外の役割を失った。軽井沢に熊が頻出して冷蔵庫を荒らし、猿が大挙して現れるようになったとしても、軽井沢の車の渋滞を考えれば、犬を鎖から解き放つわけにはいかない。

とはいうものの、農作物や家畜を猪や鹿や猿に荒らされて悩んでいる信州の山村に、シェパードやコリーやシベリアンハスキーなどの舶来種ではなく、在来の柴犬で、犬の自由社会を再建してみるのは、そう無意味なことではないかもしれない。縄文以来、数千年の慣行を捨てさるのは惜しいではないか。

（01・8・9）

椎茸と蓆

山栗がむやみに繁って道路側の電線におおいかぶさるまでになったので、昨秋、嵐のくる前にやむなく伐ることになった。

ほどよい太さの榾木《ほたぎ》が数十本でき上がったので、半年ほど寝かせておいたあと、この春、椎茸と栗茸の菌を一ビンずつ買いもとめ、ドリルで榾木に穴をあけて菌株をうめこむのに丸二日を要した。中国産椎茸の輸入を制限するという騒ぎのころだった。

朝から夕方までドリルの騒音をたてたので、隣近所に挨拶がてら菌を植えた榾木を一本ずつ配って珍しがられたりしたが、さて、わが茸《きのこ》栽培の首尾はいかがなものか、多少の不安が胸をよぎったから、茸博士の指南を仰ぐことにした。

栗茸は土を浅く掘りあげ、菌株を植えた榾木を並べ、十センチほど土をかけておくがよいと教えられた。結果はふた夏待たねばならないとも言われた。

椎茸の方は、風通しのよい日陰に、榾木を井桁《いげた》に組んで、日照りのときはほどほどに水を撒《ま》いてやるがよいと教えられたが、この夏の日照りに散水は大いに手を抜いてしまったので、申しわけないような気がしていたのだが、八月の終わり、井桁に組んだ榾木の木口に、白い粉が輪状に

2001

ふきだしているのに感動した。

秋から冬場はどうしたらよいか。ふたたび茸博士に尋ねると、トーチカ状に積みあげて乾燥を防ぐために蓆《むしろ》をかぶせておくがよいと言うのだが、二十一世紀の今日、蓆を手に入れるのは至難のこと。茸博士は、しばし考えて、ワラでもよかろうと言う。

折しも秋分の日、一斉に稲刈りの始まった田圃《たんぼ》に出かけていって、稲ワラ十束ほどを農家のおじさんから快く分けてもらうことができた。

秋の陽《ひ》がツルベ落としに山の端に落ちていくころ、即席の蓆を榾木の上にようやくかけ終えた。果たして来年の今ごろ椎茸のバター焼きが口にできるだろうか。


（01・9・27）

読書の秋

「読書の秋」ということばに、たえて久しくお目にかからない。「読書の秋？　それいったい何のことですか」と若ものがケータイをいじくりながら怪訝《けげん》な眼差しを向けてきそうな気がする。

秋深まり、夜の黙《しじま》が長くなるにつれ、わたしの夜更《ふ》かしも際限なくのびるのだが、夜中、眼に水分が不足して霞《かす》みがちになる。そんなわたしのぼやきがとどいてか、懇意の若い編集者のU

さんが、ずっしりと重い小函をプレゼントしてくれた。なかからテニスボールをまっ二つにした形の、ドイツ製の精巧なレンズが現れた。

さっそく、それを文庫本の『奥の細道菅菰抄《すがごもしょう》』のページの上に置いて移動させていくと、七ポイントの文字が倍近い大きさとなって目に飛びこんでくるのが嬉しい。

「月日は百代の過客《かかく》にして、行《ゆき》かふ年も又旅人也」という『奥の細道』冒頭の文は、李白の「夫《それ》天地者《は》万物之逆旅《げきりょ》、光陰者百代之過客」からの借文であり、千住を出たところで詠んだ句「行春や鳥啼《な》き魚の目は泪《なみだ》」は杜甫「春望」の「時ヲ感ジテハ花モ涙ヲ濺《そそ》ギ、別レヲ恨ミテハ鳥モ心ヲ驚カス」に拠《よ》り、奥州平泉でも「国破れて山河あり、城春にして草青みたり」と杜甫を口ずさみながら「夏草や兵《つわもの》どもが夢の跡」と詠むなど、随所に唐宋の詩人たちの作品の断片が下敷きになっており、いま『奥の細道』を漢訳すれば、盗作の非難が起こるかもしれぬほどだ。

『奥の細道』は四百字詰め原稿用紙でわずか二十六枚、このルポルタージュはわが国最大のベストセラーといって過言でない。盗作ともいえそうな唐宋詩への傾倒は、芭蕉の士族たる出自を明かしているとともに、身を野ざらしにすることも顧みない放浪の旅の中で、江戸期の俳文を革新したそのこころざしが辛うじて詩人の名誉を貶《おとし》めなかったことが、『奥の細道菅菰抄』から読みとれる。

ふと窓外に目をやれば、空が明るんできているではないか。

（01・11・1）

石間交流学習館

秩父の両神山は、深田久弥さんの『百名山』の一つだが、その紅葉は十月下旬から十一月初めにかけて、山頂から麓まで一日およそ五十メートルずつ下って二週間ほどで全山を錦繍《きんしゅう》に染めあげていく。

久しぶりに秩父に出かけ、城峰山《じょうみねさん》にむけて石間《いさま》の渓谷を遡《さかのぼ》った。山は紅に燃えていた。わたしが初めてこの渓谷に足をのばしたのは、三十年も前のこと。左右から山が迫り、車一台が辛うじて通れるだけの山道の先に人家があろうなどと想像もつかなかったのだが、登っていくほどに斜面の畑に桑に代わって蒟蒻《こんにゃく》が茂り、中世の砦のような石垣の上に軒を連ねた農家が姿を現してわたしを驚かせた。

城峰の山腹にむけて、渓谷にそって石間戸《いさまど》、沢口、漆木、中郷、沢戸、半納《はんのう》と、六つの耕地が連なる石間村（現吉田町）は、一八八四（明治十七）年秩父事件の震源地の一つともなり、急遽《きゅうきょ》群馬から峠越えで出動してきた警官隊と激しく渡りあったのも石間の農民たちであり、遠く信州佐久からかけつけた菊池貫平、井出為吉が初めて草鞋《わらじ》を脱いだのも、石間村加藤織平の家の土蔵だったと知って、わたしは古老を訪ねて何度か足を運んだ。

多くの家が山の斜面をわずかに切り開き、石垣を積んで懸崖《けんがい》のように建ち並ぶなかで、村の小学校だけは、最も日当たりのよい広々とした平坦地に、庭もたっぷりととって建てられているのが印象深い。明治初期、生糸の高値が立派な小学校を建てさせたのにちがいないが、世界恐慌に判断を誤った松方財政がデフレスパイラルにおちこんでいったとき、学校費が当時の農民に重い負担となったことも疑えない。

その石間小学校が過疎と少子化の波に洗われて廃校となって久しく、今年、山村振興の一助として「石間交流学習館」に衣替えし、柿落《こけら》としに秩父事件に関する展示が行われるというので、わたしはこれまでに集めた秩父と秩父事件に関わる書物を石間交流学習館の図書室に入れてもらうこととした。柿落としの日、信州佐久からも十人ほどの知友がかけつけてくれたのが嬉しい。

（01・11・8）

秋たけなわ

庭の隅に接木《つぎき》した富有柿《ふゆうがき》が一本、もう二十歳にもなるのだが、毎年五、六箇しか実をつけてくれない。日当たりのよい方からほどよく熟《う》れるのを待っていると、いつも鵯《ひよどり》に先をこされ、今年も口惜《くや》しい思いをしているところへ、岐阜のSさんが本場ものを送ってくれた。

彼の送ってくれるのは一つ一つ薄紙に包まれ凸凹のあるポリ容器に並べられており、千疋屋に置かれても遜色《そんしょく》ないほど粒よりなのだが、今年は少し様子がちがう。裸のままダンボール一杯につまった粒は不揃いだが、懐かしい甘さと野趣がある。追っかけ次のような便りが届いた。

「不揃いな柿ですが、ご笑味下さい。今年は自然の浄化作用に任せて、一切消毒しませんでした。昔はそうだったのですから。春からの十数回にわたる消毒を放棄しました結果、落果したり菌に病んだり未熟なものが八割を超えました。害虫はともかく、病害が強くなっていることは確実なようです」

五十年前にそうだった甘さと野趣をかみしめながら、本職のSさんが柿園を自然の浄化作用に任せることにしたその心の変化を知りたいと思った。岐阜のSさんにつづいて、わたしが果物に目のないことをご存じの山形のSさんから洋梨が送られてきて、なかに手書きコピーの長い通信が入っている。

「地球温暖化の影響を受けてか暑い日がつづきましたが、雨も適量に降ったこともあり玉のびは悪くありませんでした。でも収量は平均して昨年の二割減とか言われています。菜種粕《かす》、魚粉、アニマル肥料などの有機肥料をたっぷり入れた土、減農薬で育てました。除草剤は一回も使用していませんので、安心して召し上がってください」

柿の天敵は鵯だが、洋梨の大敵は台風。二度の台風をやりすごしたラ・フランスからは至福の香りがたち昇ってくる。いまわが家の果物籠《かご》には信州リンゴと諏訪湖畔のマルメロもあって秋たけなわだが、いずれも昔中央アジア、アフガンの辺りから伝わったものではないか。その子供たちに幸あれ。

(01・11・29)

虚言一切申すまじく…

『日暮硯《ひぐらしすずり》』の核心は、城内大広間で開かれた対話集会の描写に費やされている。

この日、領内全村から庄屋、長《おさ》百姓のほかよく弁のたつ小前《こまえ》百姓がよりすぐって集められた。居並ぶ御家老、諸役人を前にして、領民に信をおく恩田杢《もく》と領民たちの打てば響くようなやりとりの中から、松代藩積年の悪弊がつぎつぎに明らかになっていくくだりは痛快であり、杢がつぎつぎに打ちだす解決策に、抵抗勢力は寂として声もない。

たとえば、当時足軽千人中九百人が年貢取り立てに領内を回っていたというのに、一向に滞納が減らぬのはなぜか。百姓一同口をそろえて「御足軽衆は年貢催促ばかりでなく、五日、七日と逗留《とうりゅう》の上荒《あら》びられ、諸人難儀仕《つかまつ》り候《そうろう》」という。杢が今後足軽の派遣は一切やめると宣言すると、百姓一同「有難き仕合せ」と、年貢滞納をなくすことを誓う。

年貢が完納されれば、足軽の給料足切りもなくせる。積年の悪弊をとり除くことが領民へのインセンティブ（刺激）につながると杢は信じている。彼は計数にも強く、これまでの悪弊にまつわる冗費は諸役人への賄賂まで含めると年貢高の七分にも及ぶとはじいてみせ、これからそのような損も廃止すれば、これに三分を足すだけで年貢は済むことになると説く。ついては「当月より松代は御年貢月割にて上納してくれよ」と農民たちに無心し、納得させてしまう。かくして、松代藩では一年分の年貢を金納として月割で納入する先進的な制度が確立したというのである。『日暮硯』の中で杢は「向後虚言一切申すまじく」と繰り返すのだが、五年間という公約を果たすことなく、宝暦十二（一七六二）年正月、改革の業半ば、四十四歳で急逝する。改革にむけて自らを律すること余りに厳しかったゆえの死であったろう。病篤しと伝えられるや皆「日待ち」して回復を祈り、水垢離《みずごり》するものもいた。訃報いたるや、誰示すでもなく門松とり入れ、音曲とりやめ、松代の町は静まり返ったと『春雨草子』に記されている。

（01・12・20）

ソルトレイクシティ

外務卿岩倉具視を正使とし、参議木戸孝允、大蔵卿大久保利通、工部大輔《たいふ》伊藤博文らを副使とする総勢四十九名の岩倉大使節団が横浜港を発ったのは一八七一（明治四）年十一月十二日のこと。海路は順調で、サンフランシスコには十二月六日に到着したが、大陸横断鉄道は難航をきわめ、首府ワシントンに到着したのは翌年一月二十一日のことだった。

大陸横断の汽車旅が難航したのは、西部を襲った十数年ぶりの豪雪のためだった。シエラネバダ山脈、ロッキー山脈をこえるのは容易ではなく、ついに列車はソルトレイクシティで立ち往生したまま動かず、一行はこの町に三週間近く閉じ込められる結果となった。ストレスが高じて、使節団内部にさまざまな不協和音が生じていったのはこの辺からかもしれない。

とはいうものの、書記役として随行し、帰国後『特命全権大使　米欧回覧実記』を編纂した若い久米邦武は少しもめげず、豪雪にとざされたこの小さな町を歩きまわって、砂漠のなかの塩湖の興味深いデータをあつめ、ゴールドラッシュにわく金銀鉱の実態を掘りおこし、白人入植者の圧迫にたえかねて、ときに鉄路を破壊したりする原住民「インヂャン」の生活に目をむけることも忘れない。

ソルトレイクの人口はわずか一万四千、その田舎町に壮大なモルモン教の寺院があって、ゴールドラッシュと表裏して西部にこの新興宗派が広がっていくことにも久米の目はそそがれ、帰国後、モルモン教迫害のニュースまでもそこに盛りこんでいる。文章の難解さはさておき、『米欧回覧実記』のなかの「尼哇達（ネバダ）州及ビ〝ユタ〟部鉄道ノ記」、「落機（ロッキー）山鉄道ノ記」はソルトレイクに行くものの必携のガイドブックだ。

ニューヨークの廃墟のなかから運ばれてきた星条旗とブッシュ大統領の「誇り高く、優雅なこの国を代表して」という内向きの開会宣言で始まった冬季五輪のセレモニーをテレビで観ながら、アメリカが歴史と向き合うことを忘れていると、強く思った。

（02・2・14）

暖炉と煙突

子どものころの記憶をたどると、わが家の暖房は炬燵《こたつ》と火鉢が主で、台所の板の間にはまだ囲炉裏も生き残っていた。かまどの炊き口にたまった燠《おき》を十能《じゅうのう》ですくって囲炉裏に移し、そこで炭火をおこして炬燵や火鉢に運んだ。氷点下十度にもなる冬を、よくぞ炬燵だけですごしたものだ。だから子どもたちはいつも風邪をひき、洟《はな》をたらしていた。

かまどと風呂に煙突がついたのは、比較的あとになってからのこと。もともと煙突という単語は、明治になるまで日本語にはなかった。幕末、初めて日本にやってきた西洋人たちは家々の屋根にchimneyがないのを不思議がったそうだ。chimneyを誰かが煙筒と訳したら、大槻文彦博士がそれはキセルのことだと異をとなえ、煙突という中国の方言をこれにあてたのだとか。煙突はどうも初めから日本の木造家屋となじまぬところがあって、ストーブも暖炉も導入されなかった。

戦後しばらくして、わが家に待望のトタン製横長ストーブが据えられた。燃料は当時製材所などに山積みになっていたおがくずで、熱効率はむやみに高く、外は雪だというのに汗ばむほどだった。難点は温度調節がきかぬことと周りにおがくずが散らばることで、おがくずが手に入らなくなったころプロパンガスなどという便利なものにとって代わられ、姿を消した。学校のダルマストーブも同じ運命をたどった。

最近、化石燃料に代わる新しい熱源として、懐かしいおがくずなどの木質バイオマスが注目され始めている。先週発表された長野県の予算案に、木質バイオマス利用の普及事業費として百五十万円が盛りこまれていることを知って嬉しくなった。わたしがときどき泊まる山小屋に木質ペレットを燃やす暖炉があって、小窓に映えるあかい炎を眺めるのを楽しみにしているのだが、きけばそれはノルウェー製でわたしには買えそうもないお値段なのが残念だ。坂城のシリコンバレーあたりで、北欧製品に劣らぬ精巧な暖炉ができ上がって、わたしを喜ばせてくれぬものだろうか。

（02・2・21）

定年を迎えた一年G組

大学を出てしばらく中学、高校で英語の教師をしたことがある。かれこれ四十五、六年前のことだが、そのときの中学二年H組と高校一年G組の諸君とは途切れることのない交わりがつづいている。

とくに高校一年G組では生まれて初めて担任になったこともあって、わずか一年そこそこで辞めたあとも遊びにくるものがおり、いつのころからか「孫六会」という名の忘年会となって定着した。集まるもの十数名、各自五、六分ほどの時間で仕事のこと、家族の近況などを手短かに報告するしきたりで、いまでもわたしは彼らの担任のような気分になって耳を傾けるのを楽しみにしている。

昨年の暮れ、その忘年会が開かれなかったのは、定年退職の荒波を乗りきるのに精いっぱいだったからにちがいないと、二カ月遅れの新年会の通知に接して、わたしは思った。いつになく銀座の粋な料理屋だったのは、不況風にさからう心意気とみえたし、会場に現れた彼らが一様にネクタイ着用の正装であったのも、第三の人生に向けての意気ごみと映った。

すでに昨年の六月銀行を退職したK君は、地域のボランティア活動のあいまをぬって中山道を歩き通し、今年は奥の細道を歩くつもりだと楽しげに語った。

悪名高い食品産業の孫請け会社の役員だったS君は親会社を批判したため、五年の任期を残して引退のやむなきに至ったが、後悔はしていないと語って、仲間は深くうなずいた。

限られた年金で暮らすのは大変だから、海外勤務の経験のあるマレーシアに夫婦で移り住もうと思っているというH君に、例えば日本語を教えるとか、マレーシアの役に立つことをしたらよいとわたしは勧めた。

零細ながら環境技術の開発に取りくんでいるA君は営業が弱いので手伝ってくれと、定年の仲間に呼びかけていた。たぶん協力者が得られるだろう。

二カ月遅れの孫六会は看板になるまで話題は尽きず、彼らは二次会場へと移っていった。


（02・3・7）

蕗《ふき》の薹《とう》

先日、信州の山寺でご馳走になったお蕎麦がおいしかった。薬味皿に蕗の薹がみじん切りになってついており、ツンとした上品な苦味が蕎麦の味をぐんとひきたてた。油でさらっと揚げた蕗の薹も香ばしかった。

境内にはまだ雪がかなり厚く残っていたが、雪のはだけた道端の斜面に蕗の薹とならんで、福寿草の明るい黄が春近いことを知らせていた。

蕗は文字通り路の草と書かれるように、むかしから武蔵野の道端にも生えていた植物なのだろうが、開発が進むにつれ植物も年々グローバル化し、東京近郊では絶滅種になってしまったものか、わたしの散歩道で蕗を見かけることは皆無に近い。イギリスあたりから運ばれてくるハーブに人気が集まっているけれど、早春は蕗の薹、初夏は山椒《さんしょ》の芽、初秋は茗荷《みょうが》の蕾《つぼみ》を忘れてもらっては困ると、この三種はわが家の狭い庭にも植えてある。

蕗は菊科の植物だと植物図鑑にあるが、もっぱら地下茎によって殖えていく。酸性土に強いとあるから、日本の風土にはマッチしているのだろう。わが家の庭の日陰でもしぶとく生きつづけているのだが、そのあたりはちょうどわが家の犬がおしっこをする場所なので、残念ながらせっかくの蕗の薹も食卓にのぼることはない。「薹が立つ」にまかせておくほかないのだ。

蕗は沖縄を除いて日本中に産するが、北に行くにつれて巨大化する。これを「ベルクマンの法則」というと図鑑に記されているが、なぜそうなるのかは説かれてはいない。先年サハリンで見た蕗は、たしかにビーチパラソルほどに大きかった。

この冬、東京には一度も雪が降らず、春が足早に来る気配だ。庭の犬は早くも衣替えにせわしく、庭におりて綿毛を梳《す》いてやったあと、木陰をのぞいてみると、すでに蕗の薹が立ち枯れる寸前にあるのを認め、なんとなく「忘れていてご免よ」と声をかけたくなった。やせても枯れても汝は菊科の花なのだ。蕗の薹はどんな実をつけるのか、最後まで見とどけてやろう。

（02・3・14）

「阿弥陀堂だより」

米寿をこえた北林谷栄さんの出演する映画『阿弥陀堂だより』（原作南木佳士・監督小泉堯史）の試写を見せてもらった。

東京に住む一組の夫婦、夫の孝夫（寺尾聡）は売れない小説家、妻美智子（樋口可南子）は最先端医療にたずさわる有能な医師だが、疲労も加わってか流産を機に原因不明のパニック症候群を患うこととなり、夫は美智子とともにふるさと北信濃の山村に移り住む決心をする。そこには山桜が咲き、菜の花畑が広がっている。

村には医師のいない診療所があって、美智子は週三回老人たちの診療にたずさわりながら、さまざまな出会いが始まる。山里の不思議な阿弥陀堂で独り暮らす老婆（北林谷栄）もその一人。彼女が語る。

「畑にはナス、キュウリ、トマト、カボチャ…なんでも植えてあります。そのとき体が欲しがるものを好きなように食べました。質素なものばかり食べていたのが長寿につながったとしたら…貧乏はありがたいことです」「雪が降ると山と里の境がなくなり、白一色となります。山の奥にある御先祖様たちの住むあの世と、里のこの世の境がなくなって、どちらがどちらだかわからなお盆になると亡くなった人たちが阿弥陀堂にたくさんやってきます。迎え火を焚《た》いてお迎えし、眠くなるまで話をします」

「春、夏、秋、冬…人の一生と同じだとこの歳にしてしみじみ気がつきました。亡くなるのが冬です」

老婆の話を村の広報誌に〝阿弥陀堂だより〟として掲載している少女の小百合も難病を抱えていて、ある日救急病院に運ばれたと知った美智子は、小百合のために医療の現場に戻っていく決心をするのだが、そのとき彼女のお腹には新しい命が宿っていた、という粗筋。

監督・スタッフが四季を通じて一年間北信濃の山野で回しつづけたカメラが画面に奥行きをうみだし、現実の忙《せわ》しない時間から、観客をゆったりとした異空間へと誘い込んでいく。たぶんこの映画は海外でも反響をよぶことになるだろう。

主人公夫妻が渓流で釣った魚を囲炉裏で焼いている。ふと気がつくと、そこは、わたしが飯山に行くとき世話になる民宿Sさんの囲炉裏端なのであった。

（02・5・16）

異色画家 望月桂

わたしの母校野沢北高校は昨年百周年を迎え、百年史が出来上がった。その中に、「異色画家望月桂」という一節があって、上野の美術学校を卒業した望月桂（明科町出身）が図画担当教師として野沢中学に赴任してきたのは一九一〇（明治四十三）年六月二日のことと記されている。その一週間前に、郷里明科で宮下太吉という製材所の職工が爆発物製造の疑いで検挙されたことはそれほど世間の注目を集めはしなかったものの、やがて幸徳秋水が湯河原で逮捕されるにおよんで、〝大逆事件〟の衝撃が人心を震撼させることになる。

異色の画家望月桂が事件にどのような衝撃を受けたのかはわからないが、彼は在任十カ月でわが母校を去り、上京後たずきのために氷水屋や一膳飯屋などを営みながら、大正デモクラシーのなかで民衆美術運動の唱導者として中心的な役割をになう存在となっていく。

望月桂が林倭衛（上田市出身）らと創りあげた黒耀会展は、美術史に、この国の前衛美術運動のさきがけと位置づけられているのだが、度重なる弾圧のなかで作品は四散し、売り絵を描くことを拒んだ望月の絵は、評伝などに単色で収録されている諷刺画などを除いて目にする機会はなかった。虎は死んで皮を残さなかったものか。

2002

先週末、所用で長野市に行き、ギャラリー82で始まった「民衆美術運動の唱導者・望月桂展」の会場で、わたしはそこに並べられた油彩三十八点、水彩、墨彩数十点の遺作を前にして、深い感銘を受けた。その多くが額縁もなく、生家に保存されていたという。

東京芸大所蔵の卒業制作「自画像」に始まり、松本五十連隊の酒保に掲げられて出征兵士を見つめつづけていたという大作「こたつ辺」、関東大震災跡を描いた連作、茜色のたつ巻が画面いっぱいに描かれた不思議な作品「赤い風」、もろ肌脱いで机に向かう「ある日の大杉（栄）」などなど、青壮年期の凝縮されたタッチの諸作もさることながら、暗色の戦時期をくぐりぬけたあとの戦後、周囲の上京の勧めもことわって、郷里明科に土着して、最晩年まで絵筆を動かしつづけた多彩な画風に、異色は遺憾なく示されている。近来出色の遺作展だ。

（02・5・23）

市町村三千は多すぎるか？

わたしの生まれ育った佐久の臼田町は、そのころ、人口七千、広さは東西、南北それぞれ四キロほどで、子どもにはほどほどの広さだったから、小学校を終えるころには町の地図はしっかり頭に入って、それが今、原風景となっている。

さて最近、信州に行くたびに、市町村合併の話題が耳に入る。山口村や四賀村のように喫緊の問題となっているところは別として、多くの場合、百二十もある信州の市町村は近い将来合併するようになるかもしれないといった漠然とした語られ方だが、二〇〇五年三月を期限とする合併特例法に間に合わせないと財政上の優遇措置が受けられないとあって行政はあせっていると説く人もいる。

実際、政府・与党は特例法に基づく財政上の優遇措置を人参として全国三千余の自治体を一千にまで減らそうともくろんでおり、経済財政諮問会議のある経済学者は、それではなまぬるく、江戸時代の藩の数ほどにするのがよいと声高に叫んだりもしている。信州の首長さんたちの肩身がだんだん狭くなっていくのは無理もない。

しかし、日本の自治体三千余という数は果たして多すぎるのか。ヨーロッパの数カ国で日本の市町村にあたる自治体数を調べてみると、フランスは三万六千以上、ドイツは一万数千、イタリアは八千余という数字があがってくる。フランスでは、多すぎるから減らせという声もあると聞くが、三年後までに三分の一にしなければ交付税を止めるなどといえば、ピレネーやアルプス山麓の村々からデモがくり出してくるにちがいない。

久しぶりで郷里の臼田に帰った。町制施行四十五周年記念式典のこの日、小中学生の「臼田町未来像の提言」という作文コンクールの発表があった。小中学生たちの意見が、期せずして、今ある自然を大切にして、大きなビルなど建たないように、ショッピングセンターは佐久平に一つあれば十分だといったものに集約されているのを見て、わたしはたのもしく感じた。村や町の未来は、今の大人たちだけで決めてよいものではない。

（02・5・30）

オオタカのシグナル

オオタカは肉食性の鳥で、日本全国に分布し、主に里山に生息している。そのため、ある里山、たとえば愛知万博の会場となった海上《かいしょ》の森を守ろうというような時に、オオタカの生息地であることは、自然保護派にとって有力な武器となってきた。

レッドデータブックの分類で絶滅危惧Ⅱ類（絶滅の危険が増大している種）に指定されているオオタカの生息する場所を保全することに、わたしはむろん反対ではないのだが、オオタカにちょいと頼りすぎてはいまいかというようなうしろめたさを感じないでもなかった。しかし、それは自然に対するわたしの理解の浅さであることを、月刊誌『グリーン・パワー』五月号の「オオタカの生態と保全」という記事で教えられた。

森林総合研究所が、北海道で三十羽のオオタカに「三年で自然にはずれる仕組み」の小型発信器をつけて追跡調査をした結果が興味深い。繁殖期における行動圏は平均一・二平方キロ、防風林や孤立した林の点在する農耕地帯に生息し、都市化の進んだ地域には近づかなかった。

オオタカの巣を小型ビデオカメラで撮影した結果、雛の餌はスズメ、シメなどの小型の鳥類二十三種、エゾヤチネズミ、エゾリスなど六種の哺乳類で、一羽の雛が巣立つまでに約七キログラムの餌を必要とした。

この追跡調査から、オオタカが雛を育て生きていくには、畑、水田、森林を含む広い環境があって、そこに餌となる多種の生物が大量に生息している必要があることが分かった。

オオタカの雛一羽が七キログラムの小動物を必要とするときけば、ちょいと食いすぎで、自然の荒らし屋じゃないかと思ってしまうのだが、この調査報告は、こんなふうに結論づけている。つまりオオタカは他の生物の保全上の傘の役割を果たしているアンブレラ種であり、自然が豊かであることを示す指標の一つなのであって、オオタカの生息地を保全することは、生態系の健全性を守ることにつながるのだと。

オオタカが悠然として飛翔するのを見たら、まだこの里山は健康だとシグナルを送ってくれているのだと思いたい。

（02・6・13）

因島自由大学

三十年ほど前、広島の宇品港から定期船で瀬戸内の島を巡ったことがある。急用があると島の人たちは水上タクシーという小型発動機船を使っているのが、山国育ちのわたしには面白かった。旅の終わりの因島には造船所があって活気に溢れていた。かつて瀬戸内海で名をとどろかせた村上水軍の根拠地ゆえ、そこには何人もの村上さんがいて、ご先祖は昔上田辺りで武田勢に敗れた武将だと説く人もいたが、山賊にも似た戦国の武将がなぜに海賊にも似た水軍の統領に転身したのかは、きいてもよく分からなかった。

わたしの本を最初にまとめてくれた編集者のO氏が因島育ちで、大学を出てすぐ地元の中学で教えていたことがあるというのは、最近知った。出版社の役職を退いたO氏は昔教えた〝二十四の瞳〟に助けられ、数年前から「因島自由大学」という島おこしのイベントを始めた。東京や関西や九州からも参加者がある。ついては、一度出かけてこいというのである。

山陽新幹線の福山駅まで出迎えるというので、水上タクシーに乗るものとばかり思っていたのだが、O氏の教え子の運転する車に乗せられたわたしは本四架橋であっというまに因島に着いた。便利になったもんだと感服すると、答えは必ずしも芳しくはなかった。

通行料金が高いため、利用する車は少なく、さらに通行料金はアップするかもしれないという悪循環。なまじ本四架橋ができたため、定期船も間びかれ、かつての水上タクシーも姿を消し、観光バスは因島など見向きもせずに四国へと素通りしていってしまう。長いトンネルのような造船不況も手伝って、若ものは本土へと流出がつづく。瀬戸内海に島が幾つあるかは知らないが、因島は中堅の島に違いない。他は推して知るべき状態だとすれば、「因島自由大学」が向きあう課題が重いことを、わたしは思い知らされた。

とはいうものの、その夜ご馳走になった海の幸はファストフード店とは天と地ほどの味わいで、翌日、教え子の手配になる小型船での平家物語の跡を訪ねるクルージングのツアーは、わたしに豊かな思い出を深くきざんでくれた。

（02・6・20）

雷鳥が危ない

長野県の「県鳥」は雷鳥だが、めったにお目にかかることはできない。わたしはいつか立山の室堂で、ちらっとその姿を見かけたほかは、大町の山岳博物館のケージの中に飼われているのを眺めただけである。

北緯五〇度以北の北極圏に近い寒冷地帯に分布する雷鳥が、なぜ温帯性気候の日本の山に生息しているのかといえば、日本列島の成り立ちと深く結びついている。氷河期の海水面は今より遥かに低く、日本列島は大陸と陸つづきだったから、ナウマン象や大角鹿などとともに雷鳥も渡ってきた。氷河期が終わって日本列島が大陸からきり離され、環境の変化に巨大動物が耐えられずに絶滅していったとき、雷鳥だけは日本の屋根ともいうべき信州に集まり、山へ山へと押しあげられていったのであろう。

その雷鳥の現在を特集する『地域文化』（二〇〇二年夏季号・八十二文化財団）誌によれば、江戸時代には蓼科や八ケ岳にも生息していたという記録もあって、かなり広く分布していたことが推測できるが、駒ケ岳ロープウエーの建設を機に一九六五年ころ中央アルプスから雷鳥の姿は消えたという。故羽田健三教授を中心とする信州大学研究グループの二十年におよぶ調査から、北アルプス、乗鞍、御岳、南アルプスの高山地帯に合計二千九百五十三個体の生存が一九八五年段階で確認されているそうだが、現在二千羽ほどに減少していると見るむきもある。種の維持にとって黄信号を意味する個体数だ。

本紙などの伝えるところによると、立山の雷鳥から皮膚病が見つかり、その追跡調査の過程で、外見上健康と見られる雷鳥五羽のうち四羽の血液中にロイコチトゾーンという原虫が発見された。ロイコチトゾーンに感染したニワトリは貧血を起こし、死に至るケースが多いと恐れられているという。

雷鳥とニワトリはともにキジ目に属する種、しかも三千メートル級の山岳の無菌地帯に生存してきた雷鳥の無抵抗性などを考えあわせると、二千羽にまで減った雷鳥たちは、果たしてつぎの厳しい冬をぶじ乗りきることができるのであろうか。

（02・8・1）

球生記者の遺言状

社会に出てまもなく公団住宅の籤《くじ》引きに当たって、下宿から棟割長屋のような公団アパートに移り住んだのは四十五年前のこと。ここでわたしは共同通信の気鋭の記者横田球生《たまお》さんを知った。やがて横田記者は球生の名にふさわしく、一九六〇年に占領下の沖縄に初めて開設された共同通信那覇支局の初代支局長として赴任していった。当時本土では知られることはなはだ少なかった沖縄の実状を記事にし、現地では「横田が乗りこんできたことで沖縄の復帰は十年早まった」という伝説の主人公になったほどだ。

当然のこと、米軍政当局の覚えはめでたいものではなかった。わたしが初めて沖縄に出かけていった一九六九年の夏には横田記者は「事実上の追放」で沖縄を去っていたが、横田支局長のつくりあげたネットワークをたよりに、二週間という限られた観光ビザでわたしは八十人をこえる人たちに会い、沖縄の心に触れるような取材ができたことを、今も感謝している。

記者人生を沖縄報道にささげたような横田さんには『私家版沖縄ノート』『一九六〇年のパスポート』などがあるが、つい最近『沖縄よ！』という五十ページほどの冊子を送っていただいた。副題に「復帰三十年の遺言状」とあるのが気になり、すぐ後書きに目をやれば「六月、私の病気は終末期で治癒不能と告げられた」とあるのに愕然としながら、通読して心うたれた。

すでに喉頭部に顕著な症状の出ていたこの五月十五日、復帰三十年を記念する日に彼は夫人につき添われて最後の沖縄行きを実行する。『沖縄よ！』は、そのわずか三日間の短い旅の記録だが、体調不良をおして訪れた想い出の場所や、球生さんの徳をしたって集まってきた旧知の群像がこもごも描かれるだけでなく、沖縄ウォッチング半世紀の蓄積をもって、沖縄の苛酷な歴史と困難な現状が巧まざる筆で語り尽くされている。

記者魂によって、行間から感傷は排されており、ときに描写はユーモラスでさえある。だが、あとがきに至って、この冊子が治癒不能を告げられたベッドの上で書きあげられたものとわかって、読むものの心に激しく迫ってくる。

（02・8・15）

遠山谷の雨乞い祭り

下伊那の遠山郷は、かつて容易に近づけない秘境とみなされてきた。道路の整備された現在、いつでも行ける距離になっているのに、かつての秘境観にわざわいされてか、わたしは足を運んだことがなかった。テレビ局のY君が遠山郷下栗の雨乞い祭りを撮りにゆくときき、わたしは仕事をおっぽりだして四輪駆動車に便乗させてもらった。八月十五日のこと。

この日、下伊那の山村はどこも祭りに忙しい。いつか和合の念仏踊りを観たその足で新野の盆踊りの輪に入れてもらったことがある。古老によれば、玉音放送をきいたその夜、新野の若ものたちは村長さんのとめるのもきかず、盆踊りを強行して夜を徹したそうだ。彼らにとって、「皇国の興廃」より盆踊りの方が切実な行事だったときき、わたしは太宰治の佳作「トカトントン」を思いおこしてしまった。

さて、遠山郷の下栗はやはり遠かったが、午後一時から八幡さまの神前で行われる雨乞いのカケ踊りの一部始終を観ることができた。緋色の着物で舞う四人の少女がこの日の主役ときいていたのだが、四人のうち二人がイガ栗頭なのはどうしたことか。超高齢化した下栗六十余戸のなかに小学生の女子は二人しかおらず、やむなく男の子に緋の衣を着せて穴をうめねばならなかった

2002

というのだった。

神事を司る年とった五人の司祭たちは、神事を終えるやその場で衣冠装束をぬぎすて、たすき鉢巻きの若もののいでたちとなり、四人の神子の舞いにあわせて笙を奏で、太鼓をうち鳴らしながら左右に激しく乱舞すること三十分。思うにこの老人たちは、都会へ去っていった若ものの分までも演じながら、雨乞い祭りを保存しつづけてきた〝永遠の青年〟たちだったのであろう。

不思議なことに、祭りが終わるのを見計らいでもしたように聖岳の辺りから湧きでた雷雲がフィヨルドのような深い遠山谷の空をおおい、稲妻が谷を渡ったかとみるまに、篠つくような雨が斜面の乾いた山畑に降りそそぐさまを、わたしは茫然として眺めていた。


（02・8・29）

今井澄さんを悼む

原稿用紙と資料をかついで茅野の山小屋に初めてやってきたのは二十五年も前のこと。八ケ岳山麓の雀蜂《すずめばち》との付き合いを知らぬ家人が腕に毒針の洗礼を受けたらしいのに慌てて電話帳を繰り、諏訪中央病院に車で運んだ。木造校舎のような粗末な建物は病院として甚だ心許《もと》なかったが、若い医師の処置は適切で腕の腫れはみるみる治まってホッとした。

若い医師はどこかで見かけたことがあるような気がしたが、思いだせない。受付の名札に「今井澄」とあって、わたしは目を疑った。一九六九年一月十九日、東大安田講堂の屋上で放水を浴びながら最後まで赤旗を振りつづけていた防衛隊長の姿を思いだしたからだった。

きけば、東大闘争終局ののち獄に下った今井澄さんは、佐久病院の若月俊一院長の医業に惹かれ、浅間病院に一時身をおいたのち、いつ倒れるとも知れない諏訪中央病院に勤めることになったのだという。今井医師を中心に青医連（青年医師連合）の若武者たちが着任することによって、閑古鳥の鳴いていたこの病院にいつしか患者が列をなすようになっていた。赤字から黒字へ、ついには地域医療のセンターとして郊外の丘に白亜の美しい病院が姿を現した。そこには、機関車のような今井院長の無限のエネルギーがあったからにちがいない。

わたしも、やれ胃潰瘍だ、やれメニエルだと随分お世話になった。夏が近づいて、八ケ岳の麓に向かうわたしの心はどことなくはずむ。いざというとき、安心して駆けこめる病院があるからなのであろう。わたしのような手あいが数十人、今井さんの回りに茅野にちなんで茅の会という集まりをつくって十五年。そこには音楽家あり画家あり映画監督ありと多彩で、毎夏音楽会、展覧会、映画祭などを催してきたが、無私の魂、気配りの権化にも似た今井さんの存在なしにはつづかなかっただろう。

九月八日、茅野市民会館で行われた今井澄さんの葬儀・告別式は、哀しさをこえ、〝素晴らしい〟という場違いな形容を用いたくなるような集まりだった。最後に全員で捧げた歌「夏の思い出」は、こみあげるものがあってわたしは最後まで歌いきれなかった。

（02・9・12）

古稀同窓会の栞

旧制中学の先輩小池茂樹さんは定年後、季節になると郷里に戻って畑作に励み、毎年八ケ岳をこえてわが仕事場に収穫物を運んできてくれる。今年はその段ボールと一緒に、「北牧小学校・辰巳同級会の栞」という八十ページほどの手作りの冊子をもってきてくれた。三年前、小池さんたちが古稀を機に開いた同級会の準備のための記録だ。

小池さんたちの郷里南佐久郡北牧村は〝昭和の大合併〟で隣の小海町に合併となり、村名は消えたのだが、幸い母校には二つの分校、二つの冬季分室をふくめた記録がほぼ完全に保存されており、「昭和十年入学・昭和十六年卒業」組の転出・転入もすべてわかった。卒業百十五人の氏名にもとづいて手わけして調べた結果、二十八名の物故者を除く八十七名の住所と電話番号がわかって、一九九九年四月三日、小学校卒業以来五十八年ぶりに一堂に会することができたというのだ。

北牧小学校「昭和十六年」卒業組の名簿には「満蒙開拓」に加わって帰らぬ人となった三名の

戦争の傷痕がきざまれているだけだが、その数年前の卒業名簿には、こぼれた櫛の歯のように戦時死亡の刻印が並んでいるはずだ。そのように見れば、「昭和十六年」卒業組は、戦後を夢中で生き、この国の高齢化社会の先頭を走りぬけてきた世代だったということができるのかもしれない。

小学校の学舎《まなびや》を「記憶の器」というのは藤森照信さんの名言だが、気がついてみれば生まれ育った村の名は消え、二つの分校、二つの冬季分室は廃され、本校さえも木造から鉄筋の町立小学校に建て替わり、五十八年前の俤《おもかげ》をとどめてはいない。この同級会の栞に卒業写真、最後の修学旅行の記念写真に加えて「昭和十六年」当時の校舎の俯瞰写真と校舎の見取図が詳しく掲げられているゆえんだろう。

古稀を機に小学校の同級会を開くのが、いまひそかに盛んになっている。臼田小学校「昭和十九年三月」卒業組のわたしたちも昨年秋同級会を開き、今年も集まった。超高齢化社会に向けてゆらぐ心を抱えているからかもしれない。

（02・9・26）

野口英世の手紙

野口英世の生涯を題材にして「非英雄伝」という短編を書いたのは、もう四十年も前のこと。子どものころ読んだ野口英世の伝記はおおむね非のうちどころのない偉人として描かれていたのに対して、調べていくうちに、彼は聖人君子とはほど遠い八方破れのところがあった。そこに光をあて直してみたらどうなるかというのが、筆を執る動機であった。

彼はじつに筆まめで、書簡集なども出版されている。けれども、そこに収められているものは、どうも当たり障りのないものが多く、高等小学校時代の恩師小林栄や親友に宛てた手紙がミカン箱一杯も残っているという噂はきいていたが、見せてもらうことができなかった。

最近、親しいテレビ・ディレクターのO君から電話があって、小林先生宛の手紙数通が手に入ったので番組に出てくれませんかという。六通の手紙に釣られてわたしはその番組にかかわることになったのだが、今ごろなんで野口なの？　ノーベル賞がらみなのかと問うと、いよいよ野口英世はお札の顔になるんですと、O君は答えた。

案にたがわず、恩師宛の六通の手紙は、それぞれ面白かった。左手の重い火傷は文字通りのハンデだが、それをテコにすでに十七歳のとき細菌学を志している。十九歳で医師試験の一次に合格した彼は、二次も「石に齧《かじ》りついてもウーヤッツケテご覧にいれ候」と恩師に誓い、その舌の根も乾かぬうちに「兵士も武器なくては」と本代十円を至急送られたしと書く。貧困のどん底にありながら、野口のＳＯＳにはユーモアさえただよっている。

渡米二カ月後の手紙には日課が記され、毎夜見る夢が分析されている。不思議なことに夢には幼き日の会津の風物ばかりが走馬灯のようにくり広げられ、東京での苦労はさっぱり出てこない。恩師に宛てた手紙の終わりはいつも名開業医も及ばぬほど懇切、的確な病気の治療法が述べられている。

さてテレビでは、黄熱病研究で倒れた野口英世を、国境なき医師団の先駆と位置づけてみることになった。

（02・10・17）

秩父秋景

ある山の雑誌の仕事で、久しぶりに秩父に出かけた。来年秋の「紅葉特集」という企画のため、カメラマンに同行したのである。

旅や山の雑誌というのは、移ろいやすい自然が相手なので、どうしても前年に写真をとっておかなければならない。「来年のことなど鬼に笑われるかも」と無駄口をたたきながらも、この秋一番の木枯らしが吹き抜けていった頃合いを見計らって出かけてはみたものの、秩父の谷が錦《きん》繍《しゅう》に染めあげられているというわけにはいかなかった。

「今年はキノコもさっぱりだいネ、やはり異常気象のせいかんねえ」と地元の知人が浮かぬげに言う。今年は春先から初夏のような陽気となり、桜前線は半月ほども早く北上し、ものみな早く花開いた。夏になると猛暑がつづいたかと思えば突然寒くなったりまた暑さがぶり返したりした。これに樹木はおどろき、秋の落葉にそなえて内に紅色色素＝アントシアンをたくわえる時期を逸してしまった気配だ。

秩父事件ゆかりの札所二十三番音楽寺には血もしたたるような楓《かえで》があると期待していたのだが、カメラマン氏は「鮮やかな紅《あか》が足りませんね」とつぶやく。そのため息に促され、石間の渓谷にわけ入っていったのだが、頬を火照らすような紅葉がないなかで、ひとり紅く晩秋の山里を染めあげているものに出会った。柿の木だ。

山間の村々にはどこでも庭先や畑の片隅に柿の木が植えられている。分家するときの証文のなかに柿二本などという文字が書かれていたのを見たことがあるが、まだ山里に砂糖などが商品として入ってくる以前、干し柿にして糖分をとる貴重な作物だったのであろう。木枯らしですっかり葉を落とした枝にまっ赤な柿が鈴なりになって陽に映えているさまは、遠目に一瞬満開の花のように見えた。かつてこの辺りの農家の廂《ひさし》には干し柿が暖簾《のれん》のように吊されていたのだが、老人ばかりになった秩父の山村では、いま渋柿が紅葉の役を果たすようになってしまっている。

（02・11・14）

犬の起源

わが家にいまいる犬は、十三年前の暮れ近く、近所の小学生たちが多摩川の河原で拾ってきたものの、どの子の家でも飼うことを許されず、たまたまその半年ほど前に飼い犬の死んだわが家の犬小屋におちつくことになったのだった。

あばら骨のすけてみえる小さな胴をプルプル震わせているものの、鼻先から頬にかけての黒ぐろとした精悍さは、もしやシェパードの仔かもしれないと思わせた。馴れるにつれて狭い庭をかけ回り、いつしか塀をのりこえて脱出する敏捷さは、甲斐犬かもしれないなどと期待をいだかせながら、徐々に野性味は薄れ、成長するにつれ平凡な柴の雑種に変貌したのだった。

犬はセント・バーナードから小は愛玩用のテリアまで人工的に多様化した洋犬からは想像もつかないが、「犬の起源は一万五千年以上前に東アジアで家畜化されたオオカミで、それが世界中に広がり、さまざまな犬種になった」（十一月二十二日付本紙）という、スウェーデン王立工科大・中国科学院昆明動物学研究所の最近のＤＮＡ解析による共同研究の結果は、わが家の柴の幼犬時代をふり返ると、さもありなんと納得できる。

日本列島に住む旧石器時代の人びとが、親からはぐれたニホンオオカミの仔に餌をあたえて共生するようになっていった過程は比較的容易に想像することができる。旧石器時代の人びとと共生したオオカミの仔を「原犬」と名づけるとすれば、彼らは住居周辺に散る食物の残り滓《かす》をよく清掃し、夜間には猪などの野獣を激しく吠えたてて追い払い、やがて狩猟になくてはならない助っ人になっていったのにちがいない。

わが家の柴犬は性質温順、にもかかわらずわが家を訪れる客のうち、不審と感じられる人には激しく吠えたててやまない。夜と昼と二度の散歩にはつながれずともわたしの前後につき従ってくるのだが、木枯らしの吹く昨夜、いつになく段差につまずいてよろめいた。考えてみれば、彼はすでに十三歳、人間の年齢におきかえれば、わたしの歳をこえている。冬の夜の散歩は危ないと、彼は身をもって教えたのかもしれない。

（02・11・28）

元禄十五年十二月の雪

わたしの生活はとかく昼と夜が転倒しがちだ。ものみな寝静まったころになって、わたしの頭はようやく動きだす。ものみな寝静まっているとはいえ、数キロ離れた高速道路からは深夜になっても車の〝走音〟は闇にへばりついた波のような音となって送られてくるが、きき耳をたてさえしなければ、気にはならない。

ところでその夜、車の〝走音〟が闇のなかから消え、犬の遠吠えひとつない不思議な静寂のなかで、わたしの仕事はいつになく捗《はかど》った。この世から音というものがなくなったかと錯覚するほどの静かさを感じながら一服したあと、寝る前に汚れた空気を入れ換えようと、窓を全開にしておどろいた。いつのまにか家々の屋根に雪が数センチの厚さに積もり、薄明かりのなかなお綿のような雪片が音もなく降りつづいているのだった。

不思議なほどの静寂は、雪が高速道路や幹線道路の車の流れを停め、犬までも熟睡させてしまったからにちがいない。十二月九日の積雪は東京では数十年ぶりとのこと。

この日、久方ぶりに雪を掻いたあと、文楽の切符を手に、なお降りしきる雪のなか、国立小劇場に出かけた。千鳥ケ淵から三宅坂にかけて、墨絵のようなお濠端の風景が、はからずもわたしを元禄十五（一七〇二）年十二月にいざなってくれるに十分だった。この日のだしものは「仮名手本忠臣蔵」だったから。

久々に文楽を観ながらいろいろなことを思った。表現の自由を許さぬ元禄期、文楽が完成したのは、浄瑠璃という語りが付きもののこの人形芝居が、基本的には無言劇（パントマイム）として観衆に受容されたからではないか。竹本義太夫が声を限りにこれは太平記の物語だとうなっても、観衆はわずかな灯りに浮き出る人形の無言劇から、それを元禄十五年現在の赤穂浪士の悲劇として涙をしぼっていたことは明らかだ。

一年九カ月に及ぶ隠忍の果て吉良邸討ち入りが果たされた条件の第一は、今から三百年前の元禄十五年十二月十四日の夜、江戸の町に降り積もる雪が、将軍綱吉があわれみをかけたという市中の犬という犬を眠らせ、四十七人の足音をかき消してしまったことではないだろうか。

（02・12・12）

超高齢化社会のとば口で（二〇〇〇—〇二年を振り返って）

（二〇一〇年八月記）

郷里の『信濃毎日新聞』の夕刊「今日の視角」欄に筆をとるようになって久しいが、本書に収めた百六十篇の短文は二〇〇〇年から二〇〇八年まで週一回書き続けられたものの中から主として文化的な題材のものを選んだ。

まず二〇〇〇年から二〇〇二年までを区切って身辺雑記ふうに振り返ってみると、当時わたしは埼玉県川越市の郊外にある大学で日本文化史などの講義を持ち、週のうち二日そこに通っていた。本書冒頭の「アイ・ラブ・坊っちゃん」という小文にはその頃の教室の情景が顔を出している。

20世紀の終わる二〇〇〇年は、いま振り返ってみるとわたしの60代の最後にあたる年だったのだが、毎週元気な若ものと交わっていたせいか、キケロの『老年について』などを手にするようすがはなく、時間をやりくりしては旅に出ていたことが小文から浮かんでくる。

春のGWの連休を使ってオランダに出かけたわたしはライデン大学に寄ってフォン・シーボルトの足跡をたどったり、夏休みには北京から福州、泉州、厦門《アモイ》などの海岸都市を廻って中国茶の歴史や南音とよぶ中国楽器の源を尋ねたりしたほか、小樽や閑谷黌や大森貝塚に足を運んだのは日本文化史の講義と関わってのことであったようだ。概して、わたしのコラム「今日の視角」とわたしの講義「日本文化史」は適度に相互乗り入れが行われていたことがわかる。

わたしが川越の大学に行っていたのは、一九九〇年代、バブルのはじけ始めた頃から十年余、学生にとっては就職氷河期といわれた過酷な時代であった。携帯電話というものが学生の間にアッというまに普及したのは氷河期に入ってまもなくではなかったろうか。たちまち書籍代にひびいただろう。40人ほどのクラスでケイタイを持っているかどうか尋ねたとき、37人が持っていると答えて少なからずわたしを驚かしたものだった。青森から上京してきたばかりの新入生が、毎朝、青森からの母親の声で起きるのだと聞いて、わたしは少なからず驚いた。むしろケイタイは若ものの孤独、不安を象徴しているようにさえ思えたのだ。研究室を訪ねてくるそういう学生たちとの会話にも、本書の短文は用いられたこともあった。

21世紀の始まる二〇〇一年、わたしは七十歳、昔ふうに言えば古稀を迎えた。「人生七十古来稀」と詠った盛唐の詩人杜甫は六十にもならずに世を去った。以来「古稀」ということばはわたしの祖父の時代まで長寿を祝《ことほ》ぐことばとして用いられてきたのだが、わたしが馬齢七十を重ねた二〇〇一年日本人の平均寿命はとうに七十歳をこえていたから、「古稀」ということばの命脈は喪われてしまっており、代って超高齢化社会という困難な時代の鳥羽口に立ったとでもいったらよいだろうか。

2003
|
2005

遠山郷・霜月祭り．煮えたぎった湯を素手で払う大天狗 —— 長野県南信濃村の白山神社で．(2003 年 12 月 6 日撮影．毎日新聞社提供)

蔵の街の知恵

西の長浜、東の川越は、蔵の街として東西の双璧といわれている。江戸時代からの古い蔵が多く残っている町は他にもたくさんあるが、たいてい現代に生かしきれずにもて余しているなかで、長浜と川越はそれを巧みに生き返らせているからであろう。もっともこの二つの町はそれぞれ京阪神あるいは東京から電車で一時間足らずで気軽に行けるという地の利があることも見逃すわけにはいかない。

川越の場合、東武線、西武線、ＪＲ三社が乗り入れ、別々に「川越」を名乗る駅を持っているというのが一つの強みだ。わたしは毎週この町を通過するのだが、ナップザックにピケ帽・スニーカーといったいでたちのご婦人や老夫婦がこの町に楽しげに降り立つのを見かける。タクシーの運転手さんにきくと、年間に訪れる観光客は四百万人、市の循環バスがあるので「わたしら少しもうるおいませんよ」と彼はこぼす。

駅前には都心と同じような大型店が立ち並んでいるが、ナップザックのご婦人連れや老夫婦たちは見向きもせずに「小江戸」と自称する古い蔵の街に吸いよせられていってしまうのであるらしい。昔、浅草の仲見世に並ぶ駄菓子や漬物は川越で作られ、荒川の舟運でそこに運ばれていったのだというが、蔵の街にはいまも仲見世そのものが生きているというわけだ。

正月三が日にわたしは蔵通り一番街に出かけてみた。通りの入り口で渡されたパンフレットに「川越一番街・門松案内」とあって、通りの東西に面した蔵づくり七十五軒の店先に、それぞれ竹に創意をこらした堂々たる門松が立っている。竹でかたどられた熨斗《のし》は鰹節店、竹のハサミと手鏡は美容院、はねたウナギは蒲焼き屋、末広がりの扇は呉服屋というふうに、蔵通りはさながら名作門松のギャラリーとなって道往く人びとの目を楽しませているのに、わたしは舌をまいた。製作は「植鍋五代目・小峰吉衛氏」とパンフに記されている。

江戸低成長の経済を生きぬいてきた蔵の街には、こんな知恵のノウハウも埋めこまれていたのだ。

(03・1・9)

〝貴乃花引退〟の危機

小県郡東部町に雷電為右衛門(一七六七—一八二五)の碑が立っている。碑文は佐久間象山が書いている。碑を見て驚いたことが幾つかあった。

雷電は大石村（現東部町）農業関半右衛門の長男として生まれた。十四歳ですでに一八〇センチの長身たることを見こまれ、江戸大相撲の重鎮年寄浦風林右衛門に入門し、やがて松江侯に抱えられた。

江戸大相撲への出場は意外におそく、いきなり関脇付け出しとして初出場したのは一七九〇（寛政二）年冬二十四歳のときである。じっくりと体をつくったものか、それから五年後、谷風急死のあとをうけ西方大関に昇進し、一八一一（文化八）年春場所かぎり四十四歳で引退するまで足かけ十七年、当時の最高位である大関の地位を守りつづけたという。

盛時の体格は身長一九七センチ、体重一六九キロとあるから、背丈は曙とほぼ同じ、体重は曙よりはるかに軽量で、きわめて均斉がとれていたことがわかる。そこに、四十四歳という雷電の長い力士生命の秘密が読みとれるが、どちらかといえば雷電に近い筋肉質の貴乃花がわずか二十八歳でほぼ力士生命を断たれ、三十歳で引退しなければならなかったところに相撲協会の危機が示されているように思えてならない。

雷電の星取表には二百五十四勝十敗という数字が残っており、勝率96・2％という数字は古今に並ぶもののない金字塔となって輝いている。

ちなみに貴乃花の幕内通算成績はどうか。七百一勝二百十七敗二百一休という数字は雷電とは比べようもないが、試合数の多さに加えて、彼ほどの恵まれた資質でさえ二百一日も休場を余儀なくされたところに、今日の力士たちのおかれている過酷な条件が映しだされている。怪我の根治しない大関陣から第二の貴乃花は当分期待することはできまい。力士を使い捨てるのではなく、力士生命をどう延ばすかを基本に大胆な改革がいま相撲協会に求められている。

（03・1・23）

わらびの道

わが家から北に数百メートル歩くと、堀切をJRの中央線が走っており、陸橋を渡るとお隣の国分寺市になる。ひと昔前まで、あたりには雑木林や茶畑が広がっていて、犬の散歩には好適だった。

そんなころ、茶畑の切れた辺りの住宅地でMさんという方によびとめられた。きけば、彼はこの街の信州人会の幹事役で、その後、わたしはその総会に連れていかれたりした。

バブルのころ雑木林も茶畑も消え、若者向きのアパートが建ち並ぶようになってから自然に足は遠のき、犬とわたしは陸橋をこえるとすぐ左に折れて線路沿いの小径を歩くほかなくなったが、そこにだけ辛くも武蔵野の野草が生き残った。梅の香が匂うころ、小径にいち早くコバルト色の豆粒ほどの花をつけるのはオオイヌフグリであり、桜前線より二、三日早く頭をもたげるのが土筆《つくし》であり、花に心を奪われていたばかりに土筆がさっさと杉菜に変貌してしまうのを教えてくれたのも、この小径だ。

梅雨時になると、土手の向こうからＪＲの金網ごしに猛然と蔓を伸ばしてくるのは葛の葉で、たちまち通り抜けができなくなるほど繁茂する。それにつけこむように、壊れたテレビや不用になった布団などを投棄する不埒な輩がいて、腹をたてたわたしは市役所の清掃課に連絡してみたことがあったが、行政の立てた看板はほとんど効果をあげず、不法投棄はあとを断たなかった。

この冬、その小径に「わらびの道」という手作りの道標が現れた。はびこっていた葛の根を掘りあげて、誰かがそこに蕨《わらび》の根を植えた気配なのだ。数日後、道標のわきにさらに「この小径には畠山重忠の伝説が伝わっています」という看板が掲げられているのに気づいた。説明書きの末尾には「国分寺市に新しいふるさとを創る会」とあり、代表になんとＭさんの名が記されている。鎌倉時代の武将畠山重忠がこの線路沿いの道を歩いたとは信じ難いが、春一番の嵐がすぎると、ここに武蔵野の先住者である蝦蟇《がま》が現れるのを知っている。今日、三月六日は啓蟄だ。

（03・3・6）

道祖神の戸籍台帳

数年前、バブル崩壊のなかでなお健闘している町工場を見学するため、坂城《さかき》町に出かけたことがある。先端的な製品を欧米に輸出している幾つかの工場を道案内してくれたのは、坂城町商工会事務局の小出久和さんだった。その小出さんが、昨年の夏、双体道祖神ばかりを撮りためた分厚いアルバムを何冊も抱えてみえたとき、わたしはずいぶん面食らった。シリコンバレーと異名のある坂城の先端産業と、風雪にさらされた路傍の石神とは、一瞬結びつかなかったからだった。

　きけば小出さんは十五年ほど前から、道端にひっそりと立っている道祖神にカメラを向けるようになり、だんだんその魅力にとりつかれ、日曜ごとにカメラを肩に道祖神めぐりをつづけ、信州の各地に散在する双体道祖神の99％、二千九百余基を撮り終えたという。

　わたしもかつて、柳田國男の『石神問答』などに刺戟されて、安曇野や諏訪や佐久の道祖神を見て回ったことがあるが、せいぜい数十の単位でしかなく、途中でやめた。根気のなさを棚にあげ、よき案内書のないことにかこつけたりしていたものだ。

　そんなわたしの逃げ口上をたしなめるように、小出さんは、二万五千分の一の地図に二千九百余基の双体道祖神の在《あ》り処《か》を示したものをすでに用意していた。聞けば国土地理院に届け出て認可も受けたという。まさに信州の道祖神の戸籍台帳とよぶにふさわしいものであった。戸籍台帳ができ上がるまでには「山間部で熊や猪やマムシやスズメバチの歓迎を受けた」こと、「山道で車が立ち往生し、道に迷って車に戻るまで半日かかった」こともあったと、彼は語った。

　わたしはぜひ写真集にまとめることを強く勧めた。時あたかも市町村合併の波が押しよせている。風雪にさらされてきた道祖神たちの多くが、村がなくなると命旦夕《たんせき》に迫っているからである。

半年余の編集作業をへて、この春小出久和さんの写真集『信濃路の双体道祖神』がようやく上梓にこぎつけたことを慶びたい。

（03・3・27）

烙印

昨年、ＮＨＫで放映された「津軽・故郷の光の中へ」というドキュメンタリーは、草津のハンセン病療養所で暮らす元患者で、盲目の詩人桜井哲夫さん（77）の六十年ぶりの帰郷を追った作品で、ごらんになった方も多いにちがいない。

十六歳の桜井少年が「長峰利造」という本名を故郷に置いて、単身草津に向かう日のことを、彼はこう歌っている。

〈一九四一年　昭和十六年十月六日／旅立ちの朝／住み慣れた曲屋《まがり》の門口まで送りに出た父が突然／「利造、勘弁してくれ。家のために辛抱してけろ」／と言って固く俺の手を握った…／おふくろはうつむいて／涙で曇ったのか　しきりと眼鏡を拭いていた／青森発大阪行きの列車が弘前駅の一番線ホームに入った／ホームは出征兵士や従軍看護婦の見送りで混雑していた…〉

真珠湾攻撃の二カ月前。国民学校四年のわたしはその頃、癩《らい》というのが恐ろしい死病だとしきりに教えこまれた記憶がある。関ケ原の役で戦死した武将大谷刑部が癩患者だったというような記事を、少年倶楽部で読んだのも、草津に療養所があるのを知ったのも、そのころのことだ。

直江津駅で信越線の夜汽車に乗りかえ、桜井少年が軽井沢駅に降りたのは翌日の早朝。草軽電鉄の始発を待つ間、故郷の父と幼馴染みの少女にハガキを書いて投函し、さて草津行きの切符を買おうとして少年は理由もなく断られる。線路伝いに霜を踏みながら草津に向けて歩きはじめた少年の心に、差別の烙印《らくいん》が捺《お》されたと、桜井哲夫さんの自伝に見える。

いま軽井沢の駅前に、草軽電鉄の建物は姿を消してしまっているが、この軽便鉄道に揺られて何度か草津に行ったことのあるわたしは、ハンセン病療養所がどこにあるか知ろうともしなかったし、入ってみようともしなかったことを思い起こし、国民学校四年のころ頭に刷りこまれた差別意識がわたしをそうさせていたことに思いあたる。

昨年の夏、わたしは草津栗生楽泉園を生まれて初めて訪れ、一晩桜井哲夫さんから七十七年の辛い回想を聞いた。

（03・5・1）

八ヶ岳は初夏

この冬、信州から大雪の便りが何度もとどいた。冬の間、閉めきっておいた蓼科の仕事場は果たして無事だったかと、五月の連休を待ちかねるようにしてきてみると、隣家の赤松の太い梢が裂けて、わが家の駐車場いっぱいに墜落している。水分をたっぷりと含んだ上雪《かみゆき》の重さに耐えかねてのことだったのだろう。白樺の古木や躑躅《つつじ》にも被害があって、鋸、鉈をふるって汗を流したあと、落ち葉を掻く余力はなく、大地に帰るにまかせることにした。

昨秋、井桁にくんでおいた原木の被いを除けてみると、掌ほどに育った椎茸が十個ほど顔をのぞかせる。これに、庭先のコシアブラとタラの芽があれば、夕餉《ゆうげ》の膳は申し分なしとしなければならない。

五月の初め、近隣の知人たちが集まって山の湖の周りのゴミ拾いをする恒例の集いがあるが、ここ数年ゴミはめっきり少なくなって、芽ぶいたばかりの山野草の観察会といった趣になっている。なかに、山野草にくわしい人がいて、今年、この青空教室で教わった山野草は二つ。

湿地帯からはみだしてきた座禅草のかたわらに、投槍の尖端に似た緑色の棒杭らしきものが、ぬっと地面に現れている。茎らしき部分に紫褐色の斑紋があって、マムシだ！

とおどされれば、思わず後ずさりしたくなるほど似ているところから、マムシグサというのだそうだ。やがてウドの大木のようになって巨大な桑実に似た赤い実をつける。

木陰に咲く二輪草と並んで、トリカブトに似た濃紫の花があった。ホタルブクロにも似ていたが、近くに寄って観察すると、紫色の花弁のなかから、シジミ蝶のような奇怪な舌がのぞいている。渡辺綱が羅生門で斬り落とした鬼の腕に見立てて、ラショウモンカズラと名づけられたという。

連休後半の八ケ岳山麓はすでに初夏、芽ぶいたばかりと思っていたからまつが萌黄からまたたくまに浅緑へと変わり、咲きいそいだ山桜が、今夜はもう、花吹雪となって散りはじめている。

かかる夜も戦いあるや春の月　（詠み人知らず）

（03・5・8）

ツバメとSARS

五月に入って気がつけば、すでにツバメが空高く舞っている。

渡り鳥には国籍も国境もない。日本列島に飛来するツバメはマレー半島やフィリピンからやってくるという。マレー半島からだと、途中、香港や台湾や沖縄でひと休みしてくるのかもしれない。しかし、なかにはニューギニアやオーストラリアから飛来するのもあるそうだから、太平洋を一気に飛んでくるのだろう。体長十センチそこそこのあの小さな体のどこに、そんなエネルギーがかくされているのだろう？

たとえば、百科事典にはこんな例が紹介されている。アラスカのムナグロチドリがハワイまで三千キロを、無着陸飛行で三十五時間かかったという。鳥は夜は目が見えないはずなのに、まっ暗ななか太平洋の点にも似たハワイの位置をどう見わけたのだろう。人間の視界はたかだか半径九・六キロなのに対して、高度二千メートルで鳥の視界は半径百八十九キロメートルなのだという。

それにしても、オーストラリアから飛来するツバメは日本列島の緯度と経度をどう計測できるのだろうか。そして昨年せっせと軒下に造成した彼らの古巣に、今年もちゃんと戻ってくる。彼らの小さな体内には、人知のはるかに及ばぬような、驚くべき能力が秘められていると見るほかはない。

さて、問題はＳＡＲＳだ。

食は広州にありの諺どおり、広東の人たちは、空は飛行機、海は船、陸は机以外のあらゆるものを食材にすると言われてきた。ツバメの巣まで食べてしまう。その広州で発生した新型肺炎の発生源はつきとめられていないが、初期患者に料理人がいたことから、食材としての野生生物の持っていたコロナウイルスが人体に移って猛然と活性化したのでは？　と疑われている。伝播にも、無気味な法則がセットされていそうだ。

広州といえば、いま世界中のマネーが集まって、低迷する世界経済の機関車たらんとしている中国経済の中核都市だ。人間の飽くなき欲望と際限のない経済発展に対する、野生生物たちからの反撃が読みとれそうな気がしてならない。


（03・5・22）

アレチウリの風景

長野駅で飯山線に乗りかえるとき、わたしはできれば、千曲川の見える右側の席に座りたい。豊野の駅をすぎるとまもなく、車窓に見えてくる千曲川。浅瀬ばかりの千曲川となじんで育ったわたしは、初めて目にしたとき、同じ川とは思えぬような驚きにひたった。

立ケ花から上今井をへて、替佐《かえさ》から蓮《はちす》の辺りまで、ゆっくりとしかも激しく蛇行しながら下る千曲川は、飯山線とほぼ並行して奔《はし》り、左右の山波とひびきあうように、四季折々の景観の劇的な変化をつくりだしている。

先日乗った飯山線の車輌には、右側の席だけが窓に向けて横向きに据えられており、戸狩野沢温泉駅まで、童心に立ち帰りでもしたように沿岸の風景に目を投げつづけて飽きなかったなかに、ひとつ気になる寒々とした風景があった。帰化植物のアレチウリにからまれて立ち枯れた木々が河岸段丘のあちこちに無残な姿をさらしている光景。

『千曲川・犀川のアレチウリ』（千曲川工事事務所調査課）によれば、北米原産のこの植物の生育が日本で最初に認められたのは一九五二年静岡県の清水港だったという。一九七〇年頃、千曲川沿岸に姿を現したアレチウリは、一九九四年一ヘクタールにすぎなかったのに、二〇〇一年には百六十ヘクタール（東京ドーム三十四個分）にまで広がった。わずか七年の間のこの爆発的な繁茂の原因はまだ突きとめられてはいないようだが、千曲川・犀川の合流点の長野を中心に、南は上田近辺まで、北は飯山市の北端に及び、さらに犀川をさかのぼって高瀬川・梓川の合流点に飛び火しているのが無気味だ。

セイタカアワダチソウやヒメジョオンが戦後の焼け跡に勢いを得て全国の建設現場に及んだのとはちがって、アレチウリは川伝いに水の流れをかりて日本列島を侵略しつつあるかに見えるが、川が人々の生活から遠ざかっていったことの盲点を衝く戦略だったのかもしれない。アレチウリの侵略から川を守るために、もう一度川と人間との関係を問い直すときにきていることを、それは示唆している。

（03・6・12）

生き残った矢川

2003

わが家から車で十五分ほどのところに、知的障碍者の施設がある。関東大震災のあと、武蔵野の閑静を求めて移ってきた。八千坪の広大な敷地は雑木林にかこまれ、中に一本の清流が流れ込んでいる。川の名は「矢川」という。昔、流れが矢のように早かったことからその名が生まれた。そういえば、近くを走るＪＲの支線に矢川という駅があり、甲州街道に架かる橋は矢川橋という。いったいこの川はどこに源流を持ち、どこに流れ込んでいるのか。辺りの古老に尋ねると、立川段丘の幾つかの湧水が源流で、かつては周辺の田圃を潤し、さらに青柳段丘の湧水が加わって水かさを増し、沿岸にはもやし製造所や製氷所が並び、小舟の浮かぶ遊水池の周辺にはわさび田が広がっていたという。水勢の増す下流には水車が三台も回っており、製糸の一工程である〝揚げ返し〟もやっていた。昭和初年まで矢川は武蔵野の一郭を潤す重要な川だった。

その矢川が変容を始めたのは戦時中、源流域にあたる立川周辺の耕地整理で、上流域が暗渠《あんきょ》となってからだ。敗戦からまもなく、米軍基地からの大規模なオイル洩れが政治問題化し、政府の補償で基地の町立川の上下水道は全国に先がけて普及した。暗渠化された矢川の上流域はそのとき、完全に下水道にくみこまれてしまい、辛うじて矢川は青柳段丘の湧水で生きのびてきたものの、周辺にたち並ぶ住宅からの生活排水の流入で、川からは水草やかわになが絶え、蛍の光も消えていった。

生きのびた矢川は全長わずか一五七五メートル、水草やかわになを生き返らせ、蛍を呼び戻そうと主婦たちが根気よく運動をつづけ、東京都を動かして、水源地帯は緑地保全地域の指定をえた。その運動のなかから上原公子さんという国立市長が誕生するという〝副産物〟もあった。

梅雨の合間をぬって、蘇った矢川に出かけてみると、遊水池の中から青大将が鎌首をもたげて挨拶してくれた。今も残る農家の屋敷林を映す川面に鴨の番《つがい》が悠然と遊び、昔ながらの切石でできた洗い場の残る武蔵野の川辺の風物は、貴重な文化財と私の目には映った。

（03・6・26）

わが味覚の歴史

人に誘われてうまいものを食べにゆくのは楽しい。好き嫌いは少ない方だから、美食家とか食通とかグルメという部類に入るわけではなく、単純に食いしん坊なのである。

子供の頃、好き嫌いが激しくて、よく叱られた。好きなものほど、食べると蕁麻疹《じんましん》が体中に噴きだして困った時期が続いた。育ち盛りの頃、戦争が激しくなり、菜ッ葉飯や、大根、南瓜《かぼちゃ》を炊きこんだ代用食を、空腹に耐えかねて懸命に食べているうちに、蕁麻疹に悩まされることを忘れた。わたしの中の食いしん坊は、戦中戦後の耐乏生活の裏返しともいうべき歴史性を帯びている。『広辞苑』によれば、食いしん坊とは「意地ぎたなく何でも食べたがる人」とある。美食家たるべき条件としての味覚がわたしの中に育つようすがなかったということかもしれない。じっさい、築地の料亭などで、最後に出てくる菜飯を前にして、わたしの箸は突然硬直したように動かなくなってしまうのだ。

とはいえ、国破れて山河のみ残った信州には、当時、果樹だけは健在だった。わが家には信州林檎の代表ともいうべき「紅玉」が一本あって、枝からもいでそのままかぶりつく。あの鮮烈な酸味こそ、真の林檎の味覚とわたしの舌は覚えた。棗《なつめ》の木は柿などと違って強靭だったから、梢まで登って、繭玉に似た小粒の実をポケット一杯にふくらませる。よく熟れた実はさくっとした舌ざわりで高貴な甘さがあった。信州特産ともいうべき桑の実や酸塊《すぐり》の実は山野のいたるところにあった。葡萄といえば、今でもわたしはわが家の池の端にあったデラウェアの味をおいてないと信じている。思うに、わたしたちは糖分の欠乏を、それらの果実で補っていたのかもしれない。

庭の桜桃が初めて実を結んだのも、その頃のことで、ナポレオンの名にふさわしく、枝という枝に文字通り鈴生りに実をつけて、梅雨のあいだ満喫した。いま東京のスーパーに出ているカリフォルニア産の桜桃なぞその足元にも及ばぬうまさだった。かくして、あの欠乏時代にわたしの果物の味覚だけは、確実に進歩をみた。

（03・7・3）

光を観る

夏のあいだ仕事を持って茅野にやってくるようになって、三十年になる。わたしの生まれ育った佐久側からは、八ケ岳は天狗、根石、硫黄の三つの峰がわずかに見えるだけだったが、ここからはさらに横岳、赤岳、阿弥陀岳、権現岳、編笠山と、合わせて八つの峰がパノラマのように南北に連なっているのを、一望におさめることができる。この雄大な景観に引きつけられて、三十年ここに居座ることになってしまったといってよいかもしれない。

わたしが初めてここに来た頃、近くに、亡夫の遺産を整理してアトリエを構え移り住んできた老婦人がいた。雄大な景観に魅せられてせっせと制作していたが、老いた独り身に、冬はあまりに厳しすぎたのであろう。孤独に耐えかねて山をおり、わけもなく駅の柵に身をよせて列車を見送ったとき、とめどなく涙が流れて仕方なかったと語っていたことがあった。数年後に彼女は山麓から去ったが、記念にと置いていってくれた一幅の「八ケ岳夕景」は、いまもわたしの仕事場にある。

八ケ岳は四季によって装いを変えるが、一日のうちでも、朝、昼、夕とその容貌が変化する。とりわけ、乗鞍の向こうに陽《ひ》が沈むころ、夕映えの八ケ岳が七色にも装いを変えたあと、くろぐろとして闇にとけこんでいくのを見つめていると、なぜか身がひきしまってくる。

手許の漢和辞典で観光を引くと、「国の文物、礼制を観察してよく知ること」とあるが、いや、観光とはもともと仏典から出ていると、教えてくれた先輩がいた。じっさい、四季それぞれに変容し、時々刻々光によって装いをあらためる八ケ岳の山容を見なれたものの目には、観光とは光を観ると素直に読める。その八ケ岳には、古くから阿弥陀岳、権現岳などの峰の名があったのだが、天狗岳、編笠山などの名がいつ頃から習合してきたものなのであろうか。

手許の統計によれば、長野県の年間観光客は一九九七年には一億五百三十二万人に達したとある。神社仏閣を訪《と》う奈良や京都とはちがって、そこに山があるからにほかならない信州への観光は、光を観る旅であってほしい。

（03・8・7）

ソバと蜂と人間と

十年前の冷夏に、岩手の山中でヤマセに逢ったことがある。海をこえて北東から吹きつける風は霧雨をふくんで冷たく、アノラックを持ちあわせなかったわたしは骨まで寒さが沁《し》みて寝つけず、宮澤賢治のうたった雨と風はヤマセだったのだと思い至った。今年もまた東北にそのヤマセが吹きこんでいる気配だ。

八月に入っても、八ヶ岳山麓には梅雨がそのまま秋雨になってしまったように、雨が降りつづき、地元で唐松じこうと呼ぶきのこの味噌汁が膳にのったほどだった。旧盆が終わってようやく日差しが戻った日、わたしは誘われて小林一茶《ひとし》さん（茅野市そば生産者協議会会長）家《ち》のソバ畠《ばたけ》を拝見に出かけた。

ソバは、いわゆる稲科の五穀に入っていない。タデ科に属してイタドリの親戚筋になると、植物図鑑にみえる。されば、水はけのよくない休耕田でソバの収量をあげるまでには幾多の試行錯誤を要することになる。増収をねらって今年は特別にヒタチ一号を播《ま》いたという。

ソバは播種《はしゅ》から収穫まで、俗に七十五日といわれる。七月下旬に播けば、十月上旬にとれる勘定だ。まっ白い花が咲き始めているのは、素人目には、長雨にもめげずよく育っているように映るが、一茶さんの憂いは霽《は》れない。稲とちがってソバは虫媒花だから、虫の羽音が聞こえなければならないのだが、低温つづきで、蜜蜂がさっぱり寄りついてくれないというのだ。

梅雨明けを待って八月初めに播いたというもう一枚の畠は長雨のため、すこぶる元気がない。ソバも人間も蜜蜂もまた、ひとしく太陽の光を浴びてはじめて生きる力を与えられるものだということを、ソバ畠で思い知らされる。八月下旬から九月にかけて、強い日差しが戻ってくれれば、秋ソバは元気を取り戻した蜜蜂たちの手足をかりて、またたくまに勢いを盛り返すこともありうる。ソバは凶年をカバーする救荒作物として尊ばれてきたのだから。

諏訪山浦地方には、寒晒しにしたソバを殿様に献上する習わしがあったそうだ。来春ぜひわたしも、その寒晒しをご馳走に与ってみたい。

（03・8・21）

日本点字図書館

東京高田馬場の日本点字図書館に、館長の本間一夫さんを訪ねてお話をきいたのは、もう二十年ほど前のこと。

北海道増毛のニシンの網元に生まれた彼は生後まもなく母を失い、父とも生別し、祖父と伯父夫妻に育てられた。五歳のときに脳膜炎がもとで失明したこの薄幸の少年を、本間家が一家を挙げて支えたことは、大正の終わり二年余にわたって伯父夫妻ともども東京に移り住んで大学病院を渡り歩いたことからも知ることができる。

入院中に読んでもらった『譚海《たんかい》』や『立川文庫』に夢中になった。北海道に戻って小学校にも行けない少年に『日本児童文庫』や『小学生全集』を読みきかせる役は、若い番頭さんに委ねられた。少年は読書の楽しみをこうして知るのだが、幼くして失明し漢字を知らない少年が自ら本を読むにはどうしたらよいか。

十四歳の春、函館盲唖院に入学し、六年間の過程を終えるころ、本間青年は、関西学院の「盲人哲学者」として著名な岩橋武夫氏らの講演、著書などから、ライフワークへの扉に手を触れたと、その自伝に記している。「日本にはまだ点字図書館はない。あってもよいではないか。こんな立派なやりがいのある仕事が、まだ残されている！」（『指と耳で読む』岩波新書）

戦前、盲人の学べる大学は、関西学院ただ一校、この狭き門にむけて、函館盲唖院は研究科を設けて彼の受験を助け、一九三六年春、関西学院英文科に進んだ。

東京雑司が谷の借家に日本点字図書館が呱々《ここ》の声をあげたのはその四年後だが、まもなく、戦火のなかでそのささやかな図書館が灰燼《かいじん》に帰したことは、東京大空襲の記録に大書されなければならないし、戦後、その再建への便宜を陳情してＧＨＱ（連合国軍総司令部）は一顧だにしなかったことも書きとめておきたい。

日本点字図書館に六十万点をこえる蔵書・朗読テープを積みあげた本間さんがこの八月、八十七歳で死去し、九月九日にそのお別れ会が開かれるという。膨大な点字本・朗読テープを一つ一つつくった無数のボランティアが彼の周囲にいたこともあわせて銘記したい。

（03・9・4）

「地方の時代」二十五年

「地方の時代」というのは、元神奈川県知事長洲一二さんの造語といわれている。雑誌『世界』の一九七八年十月号に、長洲さんの「〝地方の時代〟を求めて」という論文が発表されているところからすれば、それからちょうど二十五年になる。いまあらためて読み返してみると、そこからいろんなことが読みとれる。

一九六〇年代後半、「東京燃ゆ」の形容をもって登場した美濃部都政は、公害、福祉、医療などその新しい行政手法によって、各地に革新自治体を誕生させる契機となったが、半面、中央政府との対立は避けられず、その後半は財政危機に喘《あえ》がねばならなかった。

長洲論文は先輩たちの果たした役割、わけても高度成長が進行するにつれ制度としても精神としても地方自治が衰退の一途を辿るなか、革新自治体が「行政を市民の手でさわれるもの」としたことを高く評価し、「対話や市民参加が自治体改革の基本原理となった」としている。しかし、革新自治体を生んだ歴史環境は「経済的には高度成長、政治的には五五年体制、そして文化や意識面では所得と消費の〝豊かさ〟の追求」であり、革新自治体は「この歴史環境を批判しつつも、それを母体として生まれ、それに依存しつつ育った時代の子」であったと、自己否定にも似た厳しい分析をしている。

経済学者長洲一二の目には、この時早くも高度成長が減速経済に移行していたことは見えていた。六〇年代初めに構造改革論の旗手だった彼の目は、五五年体制のゆらぎも見通していた。「革新自治体から自治体革新へ」という新しい酒を盛る皮袋が「地方の時代」だったと読みとれる。

長洲さんは、「地方の時代」はまた「市民自治の時代」とも言い換え、市民自治こそ「地方の時代」の担い手、あるいは行動原理だともいい、「さらには今後の日本全体の新しい社会構成原理に通ずる」と言いきってもいる。

長洲論文に触発されて設けられた「地方の時代映像祭」が、昨年は中断したものの、今年は神奈川県から埼玉に場所を移して来週開かれる。

（03・9・25）

映画『草の乱』と伝蔵

秩父事件を描く映画『草の乱』（神山征二郎監督）が十月初め、クランク・インすることとなり、シナリオを読ませてもらった。

エキストラとして登場する人びとは約七千人、その群衆を背景にして秩父困民党の主要な人物をプロの役者さんたちが演ずることになっているなかで、緒方直人扮《ふん》する会計長井上伝蔵が重要な役をふりあてられている。

井上伝蔵は、事件後行方不明のまま、首謀者の一人として死刑を宣告されているが、二年近く、実家に近いある豪農の蔵に匿《かくま》われ、日に何十回となく階段を上り下りして足が萎えぬように努めていたという。事件の帰趨《きすう》を見定めたのち、北海道に渡って伊藤房次郎と名を変えた伝蔵の足跡は、彼の詠み残した俳句などから朧《おぼろ》げにたどることができる。

鮭漁に沸く石狩の町に現れた伊藤房次郎は代書人となって妻帯し、網元の開く句会に柳蛙の俳号で参加してもいる。石狩とは目と鼻ほどの樺戸監獄に秩父事件の無期徒刑囚など九人が送られていたことを、代書人伊藤房次郎が知らぬはずはなかったにちがいない。鉄鎖を足枷《あしかせ》として「囚人道路」の工事に従った囚人たちが、次つぎに斃《たお》れていったことを思うと、

俤《おもかげ》の眼にちらつくやたま祭　　柳蛙

といった句が月並みでなく映る。

北海道を転々とする足跡は、どこにも安住の地がなかったことを示してはいまいか。

終焉の地はハッカの産地野付牛《のつけうし》(現在の北見)。ここで道具屋を営む房次郎は、妻の姓で高浜のお爺さんとよばれていた。臨終にあたって、妻が家族の未入籍を嘆き、せめて本名を明かしてほしいと迫ったとき、房次郎は、妻と長男を枕元によんで、自分が秩父事件の会計長として死刑を

宣告された井上伝蔵であること、秩父の山野に散った仲間の霊を慰めてほしいことなどを語り残して息をひきとったという。

伝蔵の死は地元紙・釧路新聞に報じられるとともに、「秩父颪《おろし》」と題する連載によって秩父事件が、伝蔵に寄り添うようにしてくわしく語られた。筆者岡部清太郎は石川啄木と入れ違いに山形県鶴岡から釧路新聞に赴任してきた有為な記者であった。

（03・10・2）

経営者は〝志〟

経済界のことに疎《うと》いわたしは、小倉昌男さんといわれても、どこのどなたか知らなかったのだが、友人が「この本、面白いよ」といって置いていった文庫本『経営はロマンだ！　私の履歴書』（日本経済新聞社）をパラパラめくっているうちに、つい釣りこまれて最後まで読んでしまった。

小倉昌男さんとは、父親の創業した運送会社を引き継ぎ、激しい業界競争の間隙をぬって、「クロネコヤマト」の名で知られる宅配ネットをいつのまにか全国にはりめぐらしてしまった人。

トラック業界の生存競争といえば、どこか凄惨な風を思い描きがちだが、小倉さんの語り口はむしろ爽やかだ。「経営はロマンである。だから経営は楽しい。目標を決め方法を考え実行する。この間の緊張感は堪らない」

この辺りの記述は経営者の「履歴書」によく出てくることだが、目標を決めるときのスタンスについて「私は徹底して顧客の視線を重視した。宅急便が成功したのは、利用者の視点を忘れなかったからだと思う」と言いきれる経営者は、そう多くはないだろう。筋の通らぬことと見れば、当時最大の取引先だった「三越」とも絶縁したし、監督官庁の運輸省と法廷で争うことも厭わなかった。

「宅急便を考えたとき、単なる一企業の事業ではなく、社会的なインフラになるし、そうしたいと思っていた。思い上がったことだったかもしれないが、それは私の〝志〟だった」と書き、「私は経営者に必要なのは〝志〟だと思っている」と念を押している。

志を遂げた小倉さんは自ら社長定年制を敷き、六十二歳で後輩にさっさとバトンを渡し、会長に退いた。年譜を見れば、「一九九五年会長を退任、ヤマト運輸のいっさいの役職を離れる」とある。

会長職を去った小倉さんは私財を投じてヤマト福祉財団を設立した。『私の履歴書』の終章は「パン屋を開く」「自閉症者と炭を焼く」となっている。身障者たちがパンを焼く「スワンベーカリー」一号店は銀座の昭和通りにあって、最近わたしはときどき寄ることにしている。

（03・11・20）

ある異端画家の軌跡

東京にあまたある美術館の中で、小さな区立美術館がときどきあっと驚くような企画展を催してくれるのは、そこに意欲に充ちた学芸員がいるからに違いない。この秋、練馬区立美術館でめぐりあった「異端画家　秦テルヲの軌跡」展もその一つ。

秦テルヲ（一八八七―一九四五）が彗星のように登場する明治末年の京都日本画壇には土田麦僊《つちだばくせん》、小野竹喬ら、のちの日本画壇を背負って立つ俊秀がひしめく中、テルヲは「煙突」「夜警」「夜勤の帰り」といった日本画にはなりにくい労働現場を描いて新鮮だ。薄明のなか夜勤から解かれて家路を急ぐ女性たちのチマチョゴリにも似た労働着姿に当時の社会相が映しだされている。

絹の画布に制作年が西暦で「１９１１」と記されているのはクリスチャンだったというよりもこの若い日本画家が新興の社会主義に思いをよせていたからのような気がする。この年、幸徳秋水らの大逆事件の判決が全国を震撼させた。

労働というモチーフから離れざるをえなかったテルヲの絵は、祇園からさらに下降して宮川町などの淪落の女たちへと向けられるようになり、ついには東京に出て、浅草、吉原の娼婦たちに向ける眼差しにはゴーギャンやムンクに近い叫びが加わって、美人画を主流とする日本画の領域からはますますはみだしていく。近代日本画はデカダンスを受容する回路を閉ざしてしまったとでもいったらよいだろうか。昭和期に入ってテルヲの絵は宗教画に活路を見いだそうとしたが、一度貼られた異端のレッテルは解けぬまま、敗戦の年の十二月不遇のうちに彼は病没した。

今から二十年ほど前、京都国立美術館に、秦テルヲの次男瑠璃男《るりお》と名乗る人物が一抱えの風呂敷包みを持って現れた。保存状態のよいもの三点の買い上げがきまったあと、スケッチブック四十冊など残余の厖大な作品・資料を寄贈して立ち去った。のちにテルヲの評価が高まり、連絡をとったが、瑠璃男氏は父の遺作一切を寄贈したのち消息を絶ち、そのまま鬼籍に入ったことが判明したと、図録の解説にある。

(03・12・4)

水田の保水力

国立歴史民族博物館長などを務め、一昨年急逝した石井進さんは日本中世史に新しい光をあてた歴史家だった。学生時代に机を並べたよしみで、晩年ラジオの対談に出てもらって、あれこれ教えていただいたことがある。なかでも、中世の村の成り立ちが面白かった。

昔々お爺さんは山に柴刈りに行った。山裾には湧き水があり、斜面にわずかばかりの田圃を開いて稲を植えた。水は低きにつくから、その下にまた田圃を開き、というふうにして段々に棚田ができた。家は大抵斜面の中腹にあって、お婆さんは洗濯のためには斜面の底を流れる谷川まで下りていかなければならなかった。

下流の平地の湿地帯には芦が深く根をおろしていたから、容易に開墾は進まず、村がそこまで下りてくるためには水利技術の発達と相まって近世を待たなければならなかった。あなたの郷里にはいたるところに日本の農村の原風景があるんですよ、と石井さんは言った。

私の生まれ育った佐久平に水田が広がったのは近世になってからかもしれないが、北に向かって緩勾配で広がる水田は、広い意味で棚田に近い態様を持っていた。千曲川から引いた水が一枚一枚の田を潤して水温が上がるのを利用して水田養鯉《ようり》が盛んだった。そのためには、春耕のころ、畦作りに念が入れられた。

畦には必ず大豆を植えるのも土止めのため。念の入れ方が足りぬ田は暴風雨で決潰し、鯉が用水路に逃げだす。それがわれら悪童には胸躍る楽しみだったのは論外として、今ふり返れば、二百十日、二百二十日の暴風雨が襲いかかるなかで、佐久の田圃が畦の上限ぎりぎりまで水をよくもちこたえていた姿は、幾つもの巨大なコンクリート・ダムの役割を果たしていたと、わたしの眼底にやきついて残っている。

私が専門家から聞いたところでは、日本列島の森林二千五百万ヘクタールの保水力をお金に換算すると九兆円、水田五百万ヘクタールの保水力は五兆円に見積もられるという。長野県のダムに代わる流域対策から水田貯留が除かれてしまったのは納得できない。

（03・12・18）

名水・柿田川湧水群

東京の水道水は年々まずくなっている。せめて正月三が日ぐらい、国籍不明のミネラルウォーターではなく、日本国産の名水によって茶をたて、コーヒーを沸かしたいものだ。元旦早々、天下の名水を求め、車で遠出をするのが、ここ数年来、わが家の年中行事となってしまっている。ガイドブックは環境庁水質保全局監修の冊子『名水百選』。

今年は、静岡県駿東郡清水町の柿田川湧水群と決まって、地図をみれば、国道1号線の三島・沼津の中間地点。東名高速に乗って一時間で名水の畔《ほとり》についた。多くの名水といわれるものが山間に湧き出る小さな井戸ほどのものであるのに比べ、柿田川湧水群は〝東洋一〟と大きな看板にあるごとく意表をつかれるほどの規模だった。

八千五百年ほど前、つまり縄文前期、富士山が大爆発を起こし、大量の溶岩が箱根山と愛鷹山に挟まれた谷を埋めて三島付近まで押しだした。水を透さぬ古富士火山層の上に多孔質の三島溶岩流が重なったため、富士山や御殿場地方に降る雪や雨は三島溶岩流に浸透して地下水となり、数カ月から数十年貯留され、ここ清水町に湧水となって姿を現すようになったのだという。

柿田川は全長わずか千二百メートルの小河川ながら川幅百メートルほどに清冽な水をたたえ、狩野川と合流してまもなく駿河湾に流入しているのだが、川底には大小数十の湧水口があって、盛んに白砂をまきあげながら生きもののように呼吸している。湧水量は日量百万トンと推計されている。思うに、八千五百年前の富士大爆発は、ここに自然の大浄水場をこしらえてくれたのだと読みとることができる。「柿田川みどりのトラスト」の説明板には沼津市、三島市、熱海市、函南市、清水町三十五万人の飲料水がここから供給されているともうたわれていた。

岸辺の葦の冬枯れのなか、川面にはクレソン、セリ、オオバタネツケバナが青々と繁茂し、アブラハヤ、ウグイが群れをなして泳ぎまわっている。色度ゼロ、濁度ゼロの水面に冠雪した逆さ富士が映っているのに見とれて、しばし時を忘れた。


（04・1・8）

おつた

島崎藤村は一八八一（明治十四）年、九歳のとき、長兄に連れられて馬籠をあとにする。中山道を沓掛まで歩き、そこから乗合馬車で東京に向かったようだ。木曾は「すべて山の中」というのは、そのときの実感だったのかもしれない。初め姉の嫁ぎ先に止宿し、のちに何軒か他人の家の飯を食べ、苦労して明治学院を終えた年の晩秋、継祖母の死去で長兄の代行として十年ぶりに木曾に帰って葬儀を執行した。

東海道線で名古屋をへて馬籠に向かったのだろうが、一八九一（明治二十四）年十月二十八日の濃尾大地震が起こってまもないころだったから、中津川に抜けるまでの沿道には、マグニチュード8といわれる大震災の惨状がくり広げられていたにちがいない。全壊家屋約十四万戸、死者七千人余、わけても耐震性の考慮のない洋式工法の橋などの建造物は全滅した。

震災は多くの孤児をうんだが、そういう女の子が遊廓に売られたことが社会問題となり、立教女学院の教頭だった石井亮一が教職を抛《なげう》って彼女らを救出し、「孤女学院」を設けて収容した。

当時藤村は日々の糧のため、巌本善治の主宰する『女学雑誌』の編集にあたっていたはずだ。友人に教えられてそのバックナンバーを見ると、「孤女学院」という欄が設けられており、石井亮一の活動を中心にして孤女学院の様子が毎号くわしく報じられている。義捐金《ぎえんきん》には本名の島崎春樹の名前があり、孤女学院に腸チフスが流行した折には、明治女学校の生徒たちを引率した島崎春樹が看護にあたったことなどもわかる。知られざる日本ボランティア史の一ページだ。

それから六年後、『若菜集』によって詩人島崎藤村の誕生となるのだが、この処女詩集の冒頭には、六人の女性が詩にうたわれている。そのなかの一篇「おつた」という詩は、石井亮一によって救済された知的障碍を持った孤女で、聖女のようなその存在によって、石井はのちに知的障碍児教育に開眼させられたのだという。

長いこと信州人として藤村に親しんできたわたしには、馬籠が信州でなくなってしまうと思うと、心にぽっかり穴があいたように、何とも淋しい。


（04・2・26）

「魏志倭人伝」の島

中国のある大学図書館の書庫をのぞかせてもらったことがある。そこには歴代王朝によって編まれた地誌・史書の類が蒐《あつ》められており、まさに〝汗牛充棟〟とは、これだとの感を深くした。周知のように、日本列島のことが中国の史書にきわめて詳しく姿を現すのは三世紀、「魏志倭人伝」の中である。思うに「魏志」の編者・陳寿は手許の資料や日本列島からの旅行者からの取材などでこれを編んだのであろうから、距離の記述にはアバウトなところがあって、いまだに邪馬台国が九州か奈良か、わが国の古代史の論争に明確な結論が出せない原因をつくりだしてしまっている。

とはいうものの、朝鮮半島と日本列島のあいだに位置する二つの島、対馬と壱岐については、その名称も位置関係もきわめて明確で島の支配機構や島民の生活状態も具体的である。もっとも、壱岐は原書には「一大」と刻まれているそうで、「一支」の誤植だろうというのが定説になっている。

対馬も壱岐も、大陸への要衝であったから、大和朝廷はこの二島のそれぞれに国府を置いて、対馬国、壱岐国として重要視した。「魏志」は大和朝廷成立よりも前の記述だが、すでにそこには「卑狗」とよばれる大官がいるとある。卑狗は彦のことだろう、たとえば猿田彦とか。副は「卑奴母離《ひなもり》」というとあるが、これは鄙守《ひなもり》と読みかえた方がぴったりする。防人《さきもり》のさきがけかもしれない。

対馬は二度ほど行ったことがあるが、壱岐は初めてだった。全島百三十八平方キロは、信州でいえば高遠町と同じくらいの広さで、車で半日の周遊で足りた。島内に数百基ある古墳の中で、「鬼の岩屋」とよばれるのは、奈良明日香の石舞台にも劣らぬ規模で、たぶん××彦といわれた国守の墓に違いない。発掘の進む原の辻遺跡からは古代の船着き場も姿を現しつつある。

わたしは今進行中の無原則な市町村合併には反対だが、全島博物館ともいうべき四つの町が一つになって壱岐市がスタートしたことを喜ばしく思った。

（04・3・25）

サクラ保存林

JR中央線の高尾駅が、むかし浅川駅といわれていたころ、友人と連れだって浅川の林業試験場を見に出かけたことがある。都心からはずいぶん遠く、一日がかりだったが、いまわたしの家からは三十分足らずの距離だ。

インターネットから出てきた資料を見れば、数年前から林業試験場は独立行政法人「多摩森林科学園」と名を変えている。約八ヘクタールのサクラ保存林は東京近郊のサクラの名所の一つになっているとうたわれているのにつられ、三月下旬の日曜の昼下がり、カメラを肩にぶらりと出かけた。

高尾駅から徒歩七分、至便の場所にありながら、さすが都心から遠く距《へだ》たっているせいか行き交う人波が花見客というよりも、ナップザックのハイキング姿なのが、他の名所とは異なる。入り口に酒の持ち込みは固くお断りするとあるのは、上野の山などとちがって全山科学園なのですというわけなのだ。

多摩山系の沢筋の地形を巧みに利用して回遊式に設計したサクラ保存林には、江戸時代から伝わる栽培品種や国指定天然記念物のサクラのクローンなど全国各地から集められた約千七百本のサクラが自然林にまじって植えられており、二月下旬から五月初旬まで、順次開花する。桜前線というものは沖縄から北海道まで三カ月以上かかって北上するのだが、このサクラ保存林には一点に桜前線が滞留していることになる。つまり、二月下旬から五月初旬まで、毎日曜日ここに足を運べば日本列島中の花見ができるという仕組みなのだと、妙に感心した。わたしが出かけた三月最後の日曜日は、カンヒザクラのまっ盛りで、淡紅色から深紅まで、数十本のサクラが目を楽しませてくれた。

信州でこの種の保存林ができぬものかと、帰る道々考えた。かねて中止となった上川の蓼科ダム（茅野市）跡地はカラマツ林が伐採されたままになっている。標高千二百メートルという条件を考えれば、カエデ、ウルシ、イチョウなど九月から十一月にかけて紅黄葉する広葉樹を中心とした県立モミジ保存林などというものが、蓼科山麓の一郭に出現したならば、小鳥の楽園になるのみならず、ナップザック姿の老若男女が遠路をいとわず列をなすにちがいない。

（04・4・1）

「チンチン電車と女学生」

春酣《たけなわ》の四月、一週間カンヅメになって朝から日暮れまで九十本近いドキュメンタリー番組を観つづけるという仕事を二十五年もつづけてきた。爛漫たる桜をよそに、ブラインドを下ろした部屋に終日坐りつづけるのは苦行に近いが、よい番組に出会う醍醐味があって、つい毎年断れずにいる。このほど観た「チンチン電車と女学生～２００３・夏・ヒロシマ」（広島テレビ）も、そんな作品だった。

広島市には今でも路面電車が走っているが、６５０番台の車体番号を持つ旧型車輌は原爆をくぐって生き残った電車だという。一九四二年当時、「広電」の運転士の多くが出征し、会社は急遽「広島電鉄家政女学校」という学校を創《つく》って農村部や瀬戸内海の島々から高等小学校を終えた女学生を募集して運転士養成を試みた。働きながら学べるとあって、人材が集まった。一九四五年夏、広電のチンチン電車はこの女学校出の十五、六歳のお嬢さんたちの手で動いていた。

八月六日の午前八時十五分、原爆投下によって広島は壊滅し、広電家政女学校も跡形もなく焼失した。多くの犠牲者が出たまま非常時の学校は廃校となり、辛《から》くも生き残った女子運転士たちは戦後とともに、「椰子の実」を歌って、農村へ、島へ散っていく中で、広電家政女学校の名は全く忘れさられてしまった。

昨年五月、広島テレビの取材班は原爆秘話を掘り起こす中で〝電車の女学校〟生徒三百九名の名簿を発見、それを頼りに今なお元気な三十二名の元女子運転士の存在をさぐりあてた。うら若い女子運転士に憧れていた当時の中学生たちがそれをききつけ、ぜひ再会したいという願いが盛り上がった。二〇〇三年夏、車体番号６５０の車輌を貸し切りにして集まった七十代の老女たちは、原爆投下の記念日の同時刻に、生き残った車輌を停めて同僚はじめ死者たちの霊に黙禱を捧げた。五十九年前のセピア色になった写真が何枚か挿入されて効果があった。

その日から語り部となって、修学旅行の中学生たちに「チンチン電車と女学生」の話をする老女何人かが現れた。


（04・4・8）

巨木の祭り

ｋｉ（キ）とかｈｉ（ヒ）とかｃｈｉ（チ）とかいう短音節のことばは、日本列島に人が住むようになってまもなくできた最も古い単語の部類に属するもののような気がする。漢字が入ってきて、ｋｉは木や気となり、ｈｉは火や日となり、ｃｈｉは地や血という文字を与えられたのではないだろうか。

まだｋａｍｉ（カミ）などという二音節のことばの生まれるはるか以前、木はｋａｍｉに代替することばだったような気がする。そのころ、日本列島は鬱蒼たる巨木におおわれていたであろう。人びとは巨木を仰ぎみて「ｋｉ」とよんだとき、巨木が酸素をつくりだしていることなど知らなくても、その霊気を感じとっていたはずだ。ｋｉは生命の根源をも意味したであろう。

青森の三内丸山に住んでいた縄文人のころになると、ｋａｍｉという二音節のことばが生まれていたかもしれない。しかし、依然としてｋｉは生命の根源であり、ｋｉにｋａｍｉが宿っていると考えてか、三内丸山の人びとは、栗の巨木を自分たちの集落に運び、神殿の如き建造物を建てたのではなかろうか。このような巨木をどうやって伐採したかは想像もつかないが、集落挙げての作業は技術の修練になると同時に、ｋａｍｉへの奉仕ともなっていったのに相違ない。

諏訪大社下社秋宮一の御柱の木落としを観んものと、下諏訪に出かけた。考古学者の小林達雄さんと同宿となったのを機に、御柱祭はいつごろから始まったかとお尋ねすると、言下に縄文でしょうという答えが返ってきた。

当日は汗ばむほどの陽気となり、萩倉の小河原さん方にお邪魔して無礼講でご馳走になり、祭りの一部始終を教えていただいたあと、木落とし坂まで山出しに随行した。御柱となる樅《もみ》の巨木の重さはざっと十トン、この日ばかりは御幣持ちを先頭に数十人の若者が神木にまたがるから、合わせて十数トンがゆっくりと動きだす。女綱、男綱の曳《ひ》き衆、木遣《きや》り衆、梃子《てこ》衆、追掛《おいかけ》衆の息のあった共同作業といい、最大斜度四〇度の急坂のクライマックスとなる木落としといい、八ケ岳山麓に生きる人びとの労働の修練が巧みに織りこまれていることに、わたしは舌を巻かずにいられなかった。

（04・4・15）

八ケ岳山麓探鳥会

夏の夜明け、薄あかりのなかに八ケ岳の稜線がくろぐろと浮かび上がってくる時刻、落葉松林の向こうからキョロン、キョロン、ツリーと啼く鳥がいる。それを合図に、森のあちこちからさまざまな鳥たちのさえずりが湧《わ》くように聞こえてくる。

わたしはたいてい、小鳥たちの交響楽が始まるころ仕事をおえて床につくので、演奏者たちの姿を目にしたことがないし、一つ一つの声と姿を識別するにはベテランの解説が必要だ。

五月の連休のある日、茅野市八ケ岳総合博物館主催の探鳥会の案内が目に入った。午前六時、防寒具着用の上、尖石縄文考古館前に集合のこととある。わたしの仕事場からは歩いて行けるほどの距離なので、睡眠を中止、つまり徹夜してこの得難いチャンスに参加したというわけであった。

この日いただいた資料には、五月現在、観察可能な野鳥五十三種がリストアップされている。わたしが朝、耳にする交響楽の奏者はこの五十三種の小鳥たちだったことが確認できてまず満足だった。

とはいえ、悲しいことにわたしの睡眠不足の老眼には、小鳥たちは容易に姿を見せてはくれないし、わたしのにぶい聴力では、小鳥たちの多様な美しい啼き声をききわけることは〝一朝〟ではほとんど不可能なのであった。

ちなみに、この朝わたしの目がかろうじてとらえたのは、トビ、モズ、コムクドリ、カワラヒワ、セグロセキレイ、ウグイスと、子どものころからの馴染みの小鳥たちばかり。日本野鳥の会のベテラン講師にたすけられ、わたしの耳がわずかに識別できたのは、エナガ、サンショウクイ、コガラ、クロツグミ。それも反復しないとすぐに忘れてしまいそうなこころもとない成績だったが、夏の夜明け、森の交響楽団のコンサートマスターとしてまっ先にキョロン、キョロン、ツリーと啼き始めるのがアカハラという〝渡りの者〟だと確認できたのは、この日の大収穫。

早朝六時、八ケ岳山麓に都会の騒音をのがれて四、五十人もの同好の士が集合したのも、わたしをおどろかした。

（04・5・13）

至福の時

新聞の案内欄を見て展覧会に足を運ぶことは多い。それはだいたい東京周辺にかぎられるが、旅先でたまたま目についたポスターに誘われて入った美術館で、思いがけないほど充実した展覧会に出あったときの至福の思いはまた格別だ。

先週、長野市で所用がすんで新幹線までまだかなり時間があったので、「横山大観展」に足をのばすことにした。もし、東京のどこかで開かれていたとしたら、わたしの足はそこへ向くことはなかったように思うのだが、「長野」「横山大観」の結びつきがなんとなく新鮮に思えたむきもあった。

入った美術館には日本庭園もあり、どことなく横山大観に似合っていたが、東京美術学校一期生横山秀麿（本名）が在学中に制作した「猿廻し」にはじまって、最晩年の力作「風蕭々兮易水寒」《かぜしょうしょうとしてえきすいさむし》まで百余点の作品が時系列で並んだ展示は、壮観の一語につきた。

わたしにとって大観の名は富士山とともにインプットされている。横山画伯が画料五十万円で陸海軍に飛行機各一機を献納したという記事が『少国民新聞』に載ったことなども、わたしの記憶のなかにある。そんなことが重なって、横山大観の名は、わたしには敬して遠いものとなり、たまたま近代日本画展などで二、三の作品をみることはあっても、物語性の濃い外連味《けれんみ》がさきに立って、大観の作品をまとめて見てみたいという意欲につながっていかなかった。

けれど、九十歳に至るまで筆をとりつづけた巨匠の作品を時系列に見ることによって、とりわけ明治から大正期にかけて、岡倉天心の思想的影響のもと、大観が日本画革新にむけて傾けた実験の数々を読みとることができる。

信州出身の年若い盟友、菱田春草の夭折が一九一一年、思想的リーダー岡倉天心の死が一九一三年。外連味のかげにかくし持っていた大観のやわらかな心に、この師・友のつづけざまの死が深いゆらぎを残したことも読みとれるように思えた。

（04・5・27）

旬

わたしの幼少のころ、苺はもの珍しい果物だった。梅雨の六月、八百屋の店先に並ぶことはあったが、十日ほどで姿を消してしまうので、年に一度食べることのできる貴重な果物なのであった。お砂糖をまぶした上から牛乳をかけ、お匙でつぶすと、完熟した実から鮮紅が牛乳のなかににじむ。思わず口中に唾が湧いてくるのであった。

小学生のころ、苺の苗を十本ほどもらって庭の日あたりのよい場所に植えた。株からは十センチほどのまっすぐな蔓が手のようにのびて子株となり、二年目から梅雨どきの十日ほどのあいだ心ゆくまで苺を口にすることができるようになった。

旬という漢字は十日間を意味するが、中国でこの字が季節感に使われているかどうかは知らない。旬を「シュン」と発音して「魚介、蔬菜《そさい》、果物などがよくとれて味の最もよい時」にあてたのは、日本人の発明ではないだろうか。

わたしの体験からすると、苺のシュンは六月中旬であったから、長じて東京に出てきてから、十二月クリスマスケーキの上に苺がのっているのがじつに不思議であり、二月になると果物屋の店頭に苺が並びはじめるのでなお不可解なことだった。

大学の友人に、新宿の果物店のご子息がいたのを思いだして、右の疑問を投げかけたところ、苺にシュンがあったのは六十年も前のこと、いまではほぼ通年、日本列島のどこかで苺を手に入れることができるようになっているというのであった。せっかく日本人はシュンということばを創りだしたというのに、この半世紀のあいだに、食卓からシュンという深遠なことばを死語に逐《お》いやってしまったということであろうか。

八ケ岳の麓で苺を栽培しているNさんの畑で、梅雨のあいまのひととき、苺を摘ませてもらった。高原の牛乳をそそいで完熟した小粒の実を匙でつぶすと、鮮やかな紅色がミルクと溶けあい、なつかしいシュンの香りが鼻をついた。

期せずしてその日、播州の山奥に住むTさんから山椒と土筆と山蕗の佃煮が送られてきた。佃煮は旬の食材を壺に封じこめる古人の知恵だったのだ。

（04・6・17）

案山子祭り

山田の中の一本足の案山子
天気のよいのに蓑笠着けて
朝から晩までただ立ちどおし
歩けないのか山田の案山子

この童謡はよちよち歩きのころ、誰に教えられたわけでもなく、自然におぼえこんだという記憶がある。唄《うた》には当時の日常が映されていた。雷雲がむくむくと立ち上って足早に夕立がやってくるころ、田圃に据えられ、稲の刈り取りのころまで人に代わって鳥追いの役をになうのがかかしだった。破れ笠につぎあてだらけの使い古した野良着といういでたちで、顔だけは墨くろぐろと威丈高に描かれているのがおかしかった。

案山子と書いてかかしと読むのはなぜか。案山とは机のように平たく低い山の意で、山田のことと『字源』にある。かかしとは、山田（山あいの棚田）を守る主のことなのであろう。

わたしの仕事場の近くに、都会から移り住むようになった方や長期滞在する人たち十数人が、休耕となった四反ほどの畑を借りて、「縄文農園」の看板を掲げている。七月の終わり、入口に

「かかしコンクール」開催の呼びかけがあって、十日ほどたったある日、農園に隣接する空き地に二十数体のかかしが忽然と姿を現して、人びとをおどろかした。

国宝土偶「縄文のビーナス」をかたどったのもあれば、自作の夕顔に目鼻を入れた「夕顔の君」もいる。ファッションショーから脱けだしてきたマネキンかかしや、交番からかけつけてきたようなお巡りかかしもいる。なかに懐かしい古典的なかかしが三体、きけば地元農家の出品作で前日まで田圃に立っていた現役のかかしだという。

折しも信州に涼を求めてきた観光客も車を停めて見物し、投票に参加した老若男女の数四百七十六名と、縄文農園のかかしコンクールは予想外の評判をあつめ、来年もぜひ開いてほしい、必ず開きましょうと確認しあって無事幕をとじた。

手許の『広辞苑』初版をみると、長野県の一部で十月十日、案山子揚げという農事祭りが行われているとある。この日、務めを終えたかかしを田圃から引き揚げ、庭先に移してこれを祭る、そんな行事がいまもなお信州の山田のどこかで続いているだろうか。

（04・8・19）

登った 調べた 四十余年

四年前、信州大学を定年で退官し、その一年後八ケ岳の研究室をかねた山荘で急逝した地質学者河内晋平博士は、わたしと同じ町で育った幼なじみの一人。山野をかけ回り、水蜜桃のような丸顔の額にいつも汗を浮かべているような愛くるしい少年だった。

わたしは三つ年下の晋平くんとは、中学、高校といつもすれ違いになってしまった上に、信大から北大の大学院に進んで地質鉱物学という堅い学問をしているらしいことは耳にしていたものの、晋平さんの研究業績については何も知らなかった。

最近、ふとしたことで茅野市八ケ岳博物館に足を運んだ折、館長さんから九月十一日から開かれる資料展の案内をいただいた。「――河内晋平と八ケ岳火山列――登った 調べた 40余年」と記されている。きけば、晋平さんが生前とりくんだ八ケ岳研究の成果として一万二千余にのぼる鉱物標本と書籍などの資料七千点余が夫人の手で八ケ岳博物館にそっくり寄託されることになったというのである。年譜によれば、晋平さんは野沢北高時代わたしも一時籍をおいたことのある山岳班に属して八ケ岳に親しみ、それが彼の生涯を決定したと読みとれる。

八ケ岳の佐久側松原湖周辺には、海の口、小海、海尻といった地名があって、わたしたちの不思議とするところだったが、晋平さんの研究の白眉はこの疑問を解明した「八ケ岳八八八年の大月川岩屑流《がんせつ》」（『地質と調査』一九八五年）だという。西暦八八八年、天狗岳、稲子岳東壁が大崩落を起こし、岩屑なだれが支流の大月川から千曲川に奔流となって押しだし、上流数キロに及ぶ湖を作ったと仮定すれば、海の口、海尻、小海などの地名に説明がつく。

この仮説に基づいて砂層の中から晋平さんは稲子岳にしか得られない玄武角閃岩を検出し、河原から出土した多数の埋もれ木の切片から放射性炭素測定法によってそれがほぼ八八八年の天狗岳、稲子岳大崩落と年代がぴたりと重なることを確かめえたというのだ。晋平さんにあと十年の余生を天が与えていたら、ユニークな八ケ岳学が実を結んだにちがいない。晋平さんの急逝が惜しい。

（04・8・26）

プロ野球界の錯覚

ベースボールを野球と訳したのは、明治時代、旧制一高の野球部史を編集していた中馬庚《かのえ》だといわれている。テニス、バレーボール、バスケットボール、サッカー、ゴルフなどという片カナ名前の球技のなかで、野球という漢字の呼称が定着していったのは、その一高野球部の活躍にはじまって、わけても「都の西北」と「陸の王者」が競いあった早慶戦、年輩の方なら知っているにちがいない松商の甲子園優勝などなど、百年以上におよぶ数々の名勝負が、野球をこの国の代表的なスポーツ文化にまで押しあげてきたのにちがいない。

いまもなお、夏の甲子園の高校野球の幾つかはテレビの前で釘づけになってしまうのだが、この夏アテネのオリンピックに送られた日本のプロ野球チームの試合はなぜか精彩がなかった。長嶋監督が病に倒れたために精彩を欠いたのであろうか。

野球界の頂点に立つ日本のプロ野球界が行き詰まっている。行き詰まりの淵源をたどると、長嶋選手引退のときの「巨人軍は永久に不滅です」といったことばにたどりつくような気がする。スポーツには栄枯盛衰がつきもので、一チームだけが永遠であるというのはありえないことだ。巨人軍を不滅にするためには無理が必要だった。あちこちから強い選手を集めてきた。そうすれば永久に勝てると考えたところに巨人の錯覚があったのではあるまいか。

野球とは、九つのポストを担う九人の選手のチームプレーで成り立つスポーツだ。九人は〝たかが選手〟ではない誇り高いスポーツマンだということを巨人のオーナーは踏みにじった。その傍若無人を他球団のオーナーらは黙認した。日本プロ野球界の立て直しは、一人ひとりの選手が奴隷ではなく、誇り高い独立の個人であることを認めるところから出発することで道は開かれていくだろう。プロ野球選手会会長の古田選手らに声援を送りたい。

（04・9・9）

水上勉さんを悼む

日中国交回復後、まるで待ちきれないようにして数人の残留婦人たちが郷里の下伊那に帰ってきたことがあった。地元で大きく報じられていると教えてくれたのは、仕事場を信州に移していた水上勉さんだった。君は土地勘もあることだからあの婦人たちのことを調べてみたらどうか、と水上さんはつけ加えた。私が満蒙開拓団の歴史に目を向けたのは、水上さんのそのことばからだったといってよい。

それから数年かけて「中国残留日本人孤児」たちを取材して『終わりなき旅』という本にまとめ、それが大佛次郎賞の対象となったとき、水上さんは授賞式に信州からわざわざかけつけてくれ、祝辞を述べてくださった。そのなかで、水上さんはこの本に登場する人たちの十年後の姿をあらためて知りたいという意味のことを言われた。ものを書くというのはそういうことだと自戒した。

とはいえ、十年という時間が瞬く間に過ぎるなかで、中国帰国者たちの幸福な終着駅はどこにもなく、いま国家賠償を求める裁判にまで行きついている。十八年前の旧作がこの夏、改訂版として出されるのを機に、わたしは水上さんとの約束に即して、いま東京地裁で続いている中国帰

2004

国者たちの法廷の模様を最終章につけ加えることにした。誰よりも早く、その最終章を水上さんに読んでほしいと願った。

ここ十年ほど、夏になると北御牧の水上さんの仕事場を訪れるのが年中行事の一つになっていた。仕事場のある勘六山に通ずる道は迷路に似て、いつも探し当てるのに難儀した。八月の昼さがり、道を教えてくれた老農が、水上さんはつい最近まで入院中だったと言ったのが気にかかった。

果たして、ベッドに横たわる水上さんの体にはむくみが現れ、吐く息も苦しげにみえた。改訂版を枕許にとどけたものの、最終章を見ていただくことは、むろん不可能な状態だったので、わたしは耳許に口を近づけて、手短にことの経緯をつげた。応答もままならぬなかで、しわがれてはいるが独特の野太い声で「ありがとう」という短いことばが何度となく洩れてきたのが身に沁みた。

(04・9・16)

浅間山噴火

佐久で育ったわたしにとって、天変地異といえば、なによりもまず浅間山の噴火だった。夜の闇を通して北の方角から、腹にひびくような轟音がきこえてくると、屋根にかけ上る。数十キロも離れている浅間の火口が薄紅に染まってみえることがあった。

噴火が昼ならば、風向きによって噴煙が佐久側に流れるのを見計らって庭一面に新聞紙を広げて降灰を待つ。小学校に上がる前の年だったから、一九三七年の夏の噴火だったろう。急に陽がかげったように暗くなって三十分ほどすると、新聞紙にうっすらと灰がつもって、集めると食塩の空きビンいっぱいになった。誰が始めたものか、わが家には年月日の貼られたこのような降灰標本が何本も並べられていたのを思い出す。

浅間山の噴火歴は、『日本書紀』の天武朝十四（六八五）年に「灰、信濃国に雰《ふ》れり。草木皆枯れぬ」と記されて以来、気象庁の記録によると十九世紀末までに五十回以上にわたって記録が見えるというが、天明の大噴火（一七八三年）は被害の大きさもさることながら、地元住民によって多くの記録が残されたという面からも稀有な災害だったといってよい。

わたしの手許に『天明三年浅間山大焼記録集』（御代田町教育委員会発行）があるのを開けば、町の古文書のなかに眠っていた四編の貴重な記録が復刻されている。佐藤雄右エ門「天明雑変記」上中下巻、内堀百松「御浅間大焼」、内堀右近幸助「てんめいうたつものがたり」、佐々木権右エ門「佐久郡浅間山古今大焼記」。

このうち佐藤雄右エ門が佐久香坂の文化人であったのを例外として、あとは地元御代田の篤農層、すでに十八世紀末には農民たちが体験を文字に記録して次の災害にそなえようとする力量を蓄えていたことがわかる。

最近、浅科村の友人から五郎兵衛新田村名主文書のなかから「寛政四年島原噴火史料」が出てきたと教えられた。島原藩主松平忠恕から幕府に提出された詳細な普賢岳大爆発の報告兼陳情書をどのような術《すべ》で名主が入手したかはわからないが、寛政四年といえば天明浅間大噴火からほぼ十年、小村、五郎兵衛新田村の名主の関心が推し計られる。


（04・9・30）

御池山クレーター

郷土誌『伊那』（二〇〇四年十月号）に、根羽小学校長・坂本正夫さんの「上村で発見されたクレーター」という講演記録が載っている。三万年ほど前に巨大な隕石が南アルプスの山中に衝突し、御池山という直径九百メートルのクレーター（隕石孔）が生じたことを追ったその報告はわたしの興味をそそる。

数年前、わたしは下伊那の上村に夏祭りの見物に出かけたことがある。深くきれこんだV字谷をへだてて東方に横たわる山の稜線が、歯のこぼれた古鋸《ふるのこぎり》とでもいうような風変わりな印象をきざんだのを思い起こす。

二十数年前、地元の小学校に赴任してきた坂本先生の目を、御池山の異形がいち早くとらえたのにちがいない。暇を見つけては地の利を生かして現場に足を運び、地形の観察、石英の採集・分析をつづけるなかで、御池山クレーター説を固めていく過程は、地味ではあるが、エキサイティングだ。ときには「クマのひっかいた生々しい爪あと」にも出あえば、「ササの間からヘビが空中遊泳する」ような場面にも出くわしたという。

夜空に舞う無数の流星はロマンチックだが、その多くは地球に到達することなく燃え尽きてしまう。しかし、九百メートルにもなる御池山クレーターに見あう隕石の規模は、小中学校の体育館ほどの巨大なものと想定されるそうだ。三万年前の地球は最後の氷河期にあって、南アルプスは氷雪におおわれていたはずだが、高熱で氷雪は溶けて大洪水となり、衝撃波とあわせて伊那谷の生物が一瞬にして絶滅するような大災害の歴史がきざまれたのではないかと坂本さんは想定している。

まだ、御池山クレーターに衝突した隕石の所在はつきとめられていない以上、隕石探求は坂本さんのこれからの課題として残されている。明治以来、信州では小学校の先生たちがその任地の歴史や地理や博物学などの分野で、専門の学者も及ばぬほどの研究を積んできた伝統がある。坂本さんの「上村で発見されたクレーター」に接し、郷土誌『伊那』にはその伝統が地下水のようにうけ継がれていることをあらためて知った。

（04・10・14）

野口英世の歩んだ道

野口英世の伝記は児童向けも入れると、三百冊以上にもなる。偉人伝中、右に出るものはないだろう。しかし、医学者としてみれば、北里柴三郎、志賀潔、山極勝三郎らの業績にくらべて野口のそれがまさるとは必ずしも言えない。彼が時代を超えて日本人の心をとらえるのは、五十一年の短い生涯を休まずかけぬけていった熱い生き方にあるといえるのではないだろうか。

赤貧洗うが如き農家の長男に生まれた彼は生後一年半で左手に大火傷を負い、鍬鋤《くわすき》の持てぬ身となった。少年期のいじめを、忍耐と努力ではね返し、右手一本で細菌学者になろうという、ラクダが針の穴を通り抜けるような野望に向けて突き進む。努力と忍耐の若者からは、人生の角々でパトロンたちを惹きつけるオーラが放たれていたものか。払いきれぬ借財もそのまま、出世払いとして渡米する。

弱冠二十四歳の野口が一枚の名刺をたよりにフィラデルフィアに着いたのは十九世紀の終わろうとする日、明けて二十世紀が始まった正月、彼は誰も手をつけようとしない蛇毒の研究にありつき、アメリカン・ドリームの階段を登り始め、免疫学を修めて苦節十三年、ついに梅毒スピロヘータの脳内発見という業績をうち立てる。アパートに持ち帰った二百枚のスライドの中からスピロヘータを見つけたその夜、向かいの部屋の画家堀市郎を叩き起こしてパンツ一枚で踊り狂った。少年のような稚気の人だった。

正規の医学教育を受けることのなかったこのノーベル賞候補は、実験のあいま、数学や生物の高校教科書を読んでいたと助手のティルデン女史が語っている。野口がワイル氏病原菌を黄熱病原体ととり違えたのは誰も責めるわけにはいかない。だがその錯誤から生まれた野口ワクチンで多くの黄熱病患者が倒れていったとすれば…。野口は自らの所属するロックフェラー医学研究所の威信を護るためにも、黄熱が猛威をふるう西アフリカに独り向かわなければならなかった。野口の最期は悲劇性に彩られている。

黄熱病ワクチンの開発で、M・タイラーにノーベル賞が贈られたのは、野口の死後二十三年後のことだ。

（04・10・28）

ドーア氏の危惧

資本（capital）ということばは、「頭」を意味するラテン語からきたものだと、マルクスの『資本論』の注かなにかで読んだような気がする。資本主義（キャピタリズム）というのは、緬羊《めんよう》が盛んだったイギリスで、羊の頭を数えることが重要なことから生まれてきたものなのか、とふと思った。

フランスの経済学者M・アルベールは、英国に発して米国に及んだ株式市場を中心とする市場主義を貫徹する経済制度をアングロサクソン・キャピタリズムと呼び、ドイツ・ライン地方に起こった資本主義をライン・キャピタリズムと区別し、日本経済はむしろ後者に類似していると説いているそうだ（ロナルド・ドーア「『日本的経営』の何が残るか」『学士会会報』849号）。

ドーアさんの論説からは、アルベール氏の説くライン・キャピタリズムの実像はわからないが、ライン地方のビールやモーゼルワインなどを思い浮かべると、抑制された小規模醸造業などが連想され、それに近いものとして日本酒の醸造形態が浮かんでくる。全国に散在する酒造家はいずれも小規模だが、明治時代大蔵省の管轄下、国税のかなりの部分を担ってきた歴史がある。

わたしの生家も小規模な酒造を営んできたが、形態は家内工業に毛の生えた程度の合名会社だった。そのせいかどうかはわからないが、父は株というものをひどく嫌って株にだけは手を出すなというのが口癖だった。家訓が染みついてしまって、わたしはいまだに新聞の株式欄が読めないのである。

英国の社会学者ドーアさんは優れた日本ウォッチャーだが、バブル崩壊後の日本経済が怒濤のようなアングロサクソン・キャピタリズムに呑みこまれていくさまも冷静に見つめている。アメリカの大会社の社長の給料が平均従業員の千倍になったという数字を引いて、日本もその方向に行くと予想し、「対株式市場戦略がますます経営陣の時間や意識を占領するようになってきている」その傾向は、「長期的展望に基づくという従来日本的経営の特徴とされてきた経営思考が失われる結果に終わる」ことを危惧しておられる。日本の経営者よりも、政治家・官僚諸氏に読んでほしい論考だ。

（04・11・25）

北京での一夕

水上勉さんを団長にして、中野孝次、黒井千次、宮本輝氏らとともに中国の旅に出かけたのは二十年前のこと。当時北京のホテルは数少なく、到着当日わたしたちの泊まる宿が満杯で空港に二時間ほど足どめになるというハプニングのあと、中国作家協会の計らいでわたしたちが案内されたのは、頤和園《いわ》の中の清朝時代の女官の館だった。北京でのこの椿事《ちんじ》をきっかけとして、西安、成都、桂林、上海と忘れ難い思い出に彩られた二週間の旅となった。

北京での一夕、児童文学者の厳文井《げんぶんせい》さんが水上さんを私宅に招待する席に、中野さんとわたしが割りこむように陪席することになった。香山の宿舎を出るころまで快晴だった北京の空がにわかに薄暗くなると、突如雷鳴が轟いて、車のフロントガラスに叩きつけるような雨粒が数滴、見るまに街は驟雨《しゅうう》におおわれた。中国語で陣雨というそうだ。街を水浸しにして三十分、陣雲は羊の群れのようにまたたくまに東へと遠ざかり、自然の冷房のように涼気が街を蘇らせた。

厳文井さんの住まいは古い町並みで有名な胡同の一角にあって、中庭にはまだ陣雨のあとが残っていた。中庭がこの夜の宴の調理場であってみれば、さきの夕立はさぞ気をもませたに相違ないのだが、厳さん夫妻は質素な居間に並べきれぬほどの珍味佳肴《かこう》を用意して待っていてくれた。真夏だというのに、水上さんの大好物という熟れた柿までもデザートに出てきた。馳《は》せ走ると書いてご馳走《ちそう》というわけだが、この柿はどこから運ばれてきたものか。

美酒が廻るにつれて唄までもとびだすなかで厳さんの夫人が即興の詩を朗唱したのが忘れられない。通訳さんの訳がメモ帳にある。

友情がもうすぐ来るだろう／嵐が突如まき起こった／私は心配し、あせっている／「不吉な前兆ではないかしら？」夫は慰めて言った「あせらないで、あせらないで！／嵐はあっという間に過ぎ去ってしまうよ」／果たしてしばらくすると空が晴れた／私たちは集まり喜びにあふれている

厳文井さんは昨年、そして水上さんと中野さんは今年相ついで鬼籍に入られた。

（04・12・16）

寒晒し

わたしの幼少の頃、幼稚園や保育所というのはなかったから、朝、兄や姉たちが学校に行ってしまうと、一人とり残されて限りなく退屈だった。テレビもゲーム機もないから、やむなく、朝から忙《せわ》しなく立ち働く母のまわりをうろついてうるさがられたりしたが、ふり返ってみると、学齢に達するまでの限りなく退屈だったようなあの頃、母の労働を通じて、家のなかで季節の暦がどのように移り変わっていくかを学習していたのではないかと思うことがある。

一月十五日の小正月がすぎると、神棚や床の間やかまどや井戸端などに供えられていた大小いくつもの鏡餅が、片づけられて一カ所に集められる。乾燥してひびわれた鏡餅は水を張った盥《たらい》に沈められ、寒中ずっと外に放置されるから、盥の水は厚い氷におおわれる。

氷の解けるのを待ってとりだされた鏡餅は岩塩の塊のように脆《もろ》くなっており、数日間陽に晒《さら》すだけで粉ごなになる。それを石臼にかけて粉末にしたものが、いわゆる寒晒《かんざら》し粉とよばれるものだった。大寒のなかで氷詰めにされたあとたっぷり陽光に晒された寒晒し粉は、甘味さえあって缶につめておくと、一年中保存のきく病人食となった。子どもの頃胃腸の弱かったわたしは、寒晒しで命永らえたようなものだ。なにしろ、寒晒しには神さまが宿っていたのだから。氷点下十

2005

五度にもなる寒中でなくてはうまく仕上がらなかった貴重な食品には、このほか凍豆腐《しみどうふ》や痩馬《やしょうま》などがあったが、浅間颪《おろし》の烈しい佐久平では寒天産業は育たなかったのであろう。寒天の産地、諏訪盆地に寒晒し蕎麦というのが江戸時代から行われていたというのは、最近知った。諏訪藩の穀倉ともいうべき山浦地方（現茅野）の農民は、大寒から立春まで寒水に晒した寒晒し蕎麦を藩主を通じて将軍に献上する習わしがあったという。

昨夏、その山浦の蕎麦の名人たちの再現した寒晒し蕎麦をいただく機会があった。やはり微かな甘味が口の中に広がって、将軍の気分を味わった。

（05・1・20）

駅伝競走

駅伝とは古代中国で創られた交通制度のことで、わが国では奈良時代、律令制の中に唐にならって駅馬《えきば》、伝馬《てんま》の制を定めたと、事典に見える。神坂峠から東山道が信州に入り、碓氷をこえて関東にぬけていったのもこの頃で、上田の千曲川畔に亘理《わたり》駅という古い地名がきざまれているのも駅伝の名残にちがいない。西にむかう東国の防人たちが千曲川をわたり、濡れた裾をほすのもこの亘理駅だったのであろう。駅にはつねに旅人や荷物を運ぶ馬が十頭から二十頭、常備されていなければならなかった。

鉄道から遠くへだたる信州の山村のバスの発着点を駅とよぶのを、ときに観光客は笑うが、バスを馬に見たてれば駅とよぶのはごく自然であって、電車や新幹線の停車場に馬偏の駅という文字を宛てたことの方を笑うべきではないだろうか。

右のような次第で、スポーツの駅伝は、正確には駅伝競走とよぶべきものであって、その歴史はまだ百年にも充たない。一九一七年四月、歌人土岐善麿が読売新聞の社会部長だったとき、遷都五十年記念事業として京都三条大橋から上野不忍池まで「東海道駅伝徒歩競争」を企画したのが駅伝競走の嚆矢《こうし》だとされている。三条大橋—不忍池約五百キロを三日で走りぬけたというから、古代においても東西の情報は意外に速かったであろうことがわかる。

さて、わたしはテレビに映る駅伝競走は滅多に観ないのだが、先週日曜広島で行われた「全国都道府県対抗男子駅伝」の実況中継は手に汗にぎってテレビの前に釘づけとなる熱戦だった。

解説者の予想では、兵庫、愛知など強豪ひしめくなか、前年の覇者長野の連勝はチームの記録からみて望み薄という印象を与えたが、第一走者の高校生佐藤選手が二位と十七秒差で走り抜いたのを貯金にして抜きつ抜かれつのゲームを展開し、アンカー上野選手が長身を生かして兵庫の小兵、北村選手とデッドヒートを演じた末、わずか二秒差でせり勝ってテープを切った。長野チームの計算されつくしたレース運びと中・高生の健闘を讃えたい。

（05・1・27）

五十年目のクラス会

わたしは一九五一年の春、大学に入学した。発足まもない教養学部というのは、第二語学のドイツ語とフランス語にふりわけられてクラスが編成されたが、わたしの属する第九組はフランス語のはみだし組と中国語志望の十名ほどが合体した水と油のようなまとまりのないクラスだった。クラス担任は高見潁治《えいじ》さんという旧制高校以来の英語の先生だった。

——落第組もいた。デモや抗議集会の時だけ張り切るのもいた。アルバイトの息抜きに学校に来るのもいた。下駄ばきのバンカラも背広のニイサンもいた。優をかせいで競争のはげしい学部へ進もうというのもいたし、はじめから二年を三年でやろうというのもいた。東北も、関西も、九州もいた——と回想するのは現在二松学舎大学の学長に納まっている漢詩の大家石川忠久君の文章だ。

教養課程は実質一年半で、法・経に転ずるものもあれば、大方は文学部の細分化された学科に散っていってしまったから、長い人生のほんの一齣《ひとこま》の出会いにすぎなかったのだが、大学を出て七年後に、かつてのクラス担任だった高見潁治先生を招いて一堂に会して以来、先生の潁の字を冠せた九潁会《きゅうえいかい》という集まりとなってすでに四十数回を重ねるに至っているのはどうしてか。

戦災の跡もなまなましい東京の街に放りだされた若者にとって、高見先生のスティーブンソン講読は退屈きわまりなかったが、九穎会での老師の訥《とつ》とつとしたお話には噛むほどに味わいのある佳肴《かこう》の趣があった。フランス語と中国語という異文化が、水と油ではなく接着剤の効果ともなった。デモや抗議集会を前に開かれたクラス会でのディベートが、のちのちまで不思議な紐帯《ちゅうたい》の役を果たして、わたしたちのクラス会はいまもなおつづいている。

今年は大学を卒《お》えてちょうど五十年、気がつけばわれわれがかつてクラス担任を招いて再会したときの老師の年齢に達している。三巡目の幹事役として、春三月桜のもとで集まろうと、われらが〝村会〟の開催通知を出したところだ。

（05・2・3）

武蔵野の憂鬱

「一九五〇年からの四十年間で森林や草地の14％が消失したことが、国連による世界初の地球規模の生態系評価報告書案で明らかになった」と本紙（信濃毎日新聞）七日付夕刊が伝えている。

世界中の千三百人以上の科学者が四年がかりでまとめたという「ミレニアム生態系アセスメント」というこの報告によれば、過去数十年間に世界のさんご礁の四分の一がなくなり、過去二十年間に沿岸のマングローブ林の約35％が破壊され、湿地は一世紀の間に半減しこの結果、分かっているだけで約百種類の鳥や哺乳類、両生類が絶滅したと報じられている。

やんぬるかなとわたしは思う。多磨墓地にほど近い現住所に四十五年前わたしが越してきた当時、周辺にはアカマツやコナラなど、いわゆる武蔵野の雑木林が果てしなく広がっていたのだが、いまではわずか二カ所、数百坪の雑木林が公有地として青い金網のフェンスに囲われて残っているばかりだ。そのうち都有地の方は近く四車線の道路拡幅で消えようとしてもいる。武蔵野の雑木林はわたしの心にニヒリズムを生みつけたまま絶滅していったとでもいったらよいだろうか。

週一回わたしは所沢、狭山をすぎて川越まで出かけるのだが、車窓から目をやれば、そこにはわずかに雑木林が生き残っている。一九八〇年代、産業廃棄物の焼却施設の煙突が林立し、ダイオキシン汚染が深刻化した八年前、「産廃銀座」と異名をとった場所だ。その後、開発優先の知事が引退に追いこまれたこともあってか、本紙八日付朝刊報道によれば、瀕死の重症にあったその「くぬぎ山」が都市緑地法に基づく「特別緑地保全地区」に指定されることとなり、平地林としては全国最大規模（！）の本格的な自然再生の取り組みが始まるという。

武蔵野の雑木林は江戸時代の農民が下草や落ち葉を肥飼料に、枯れ枝を燃料に、林自体も防風林にと必要に応じて創りあげてきた遺産だ。先祖の遺産である共有林をばらして、食い潰《つぶ》すのではなく、次代に無事手渡していく方策を真剣に考えてみなければならないときにきている。

（05・2・10）

モッタイナイ

二月十六日、地球温暖化防止のための京都議定書が、難産のすえに発効した。その記念行事に、アフリカの女性として初めてノーベル平和賞を受賞したケニア環境副大臣のワンガリ・マータイさん（64）が招かれて来日した。最良のゲストだったといってよい。

独裁政権下では投獄されながらも、めげることなく三十年間、アフリカの荒れ地に三千万本もの苗木を植えつづける運動の先頭に立ってきた人物。シンポジウムの基調講演で、彼女は「市民一人ひとりの行動が、議定書が実り多いものになるかどうかを決定づける。力を合わせれば、地域でも世界規模でも大きな存在になれる」と強調し、議定書未批准の国の人びとに対しても「これらの国にいる、議定書に賛同する何百万人もの市民と一緒に発効を祝い、各国の政府に働きかけましょう」と呼びかけ、「私たちにはまだ未来を変えることができる」と訴えたと伝えられる。

記念行事を終えたあと、テレビに登場したマータイさんのインタビューを視た。地球環境の悪化、とりわけ困難なアフリカの現状を語る彼女の表情は固くひきしまっていたが、赤道直下の大地を連想させる赤銅色の顔が一瞬ゆるんでまっ白な歯のあいだから「モッタイナイ」というたどたどしい日本語がこぼれ出た。テレビ出演の前日の会食か何かの席でおぼえた最初の日本語「モッタイナイ」のなかに日本文化のすばらしさを感じとったと彼女は言った。それはお世辞ではなかった。

マータイさんの鋭い言語感覚に触発されて、わたしが日常しばしば口にする「勿体《もったい》ない」を『広辞苑』であたってみると、「①神仏・貴人などに対して不都合である、②過分のことで畏《おそ》れ多い、③そのものの値打ちが生かされず無駄になるのが惜しい」とある。彼女は『広辞苑』まるごとを受けとめたのにちがいない。

じっさいわたしたちが子どものころ、茶碗にくっついたご飯粒や味噌汁のなかの気に入らぬ具を残すと、母親からモッタイナイと叱られた。あのお小言のなかには、いつも神、仏、太陽、地球（大地）、農民の汗に対して申しわけがたたないという教訓がこめられていた。

（05・2・24）

牛が草を喰む風景

ここ数年来、わたしの食生活は一日二食になっている。起きるのが昼近いので、朝食は軽くすます代わり、夜はおそくまで仕事をするので、ご飯はたっぷり二杯食べる。お惣菜のメインは魚であることが多く、肉であることは少ない。

近くに住む孫が夕食にやってくるが、彼女のメニューは別立てで洋風となっている。牛肉と生野菜が大好物らしく、レタスやキャベツは塩もかけずパリパリとよく食べるが、ご飯には見向きもしない。お米も野菜のうちと思って食べなさいといえば、お義理にフリカケをかけて少々食べるけれども、まるでデザート代わりといった塩梅《あんばい》だ。

日本人の食生活はここ三世代の間に劇的に変化をとげてきたことが、わが家の食卓にも歴然としている。一方で和食の効用を説きたいものの、肉の需要の高まりを考えると、牛肉の自給率39%はあまりに低すぎるし、この数字には輸入に頼るしかないという畜産行政の無策がしみついているように見えて仕方ない。そこにつけこんで、ライス女史がザル法にも似たＢＳＥ（牛海綿状脳症）検査体制のままのアメリカ牛肉売りこみに来るというのだが、輸入禁止のあいだに食べた鹿児島の黒牛や信州牛の味は松坂牛や神戸牛に劣らぬほどおいしかった。

思うにお米のコシヒカリ、リンゴのフジと並んで、和牛もゆうにテキサス牛肉のワラジのようなステーキを歯牙にもかけないクオリティーをもっていることが確認されたのではないだろうか。

ドイツやフランスの農村の美しい景観を支えているのは、緑の牧草を喰《は》む牛の群れのいる風景だが、バブルの勢いで日本列島のいたるところに広々としたゴルフ場が現出したことをふり返れば、悠々と草を喰む牛たちの棲む生産的空間をこの国のあちこちにつくりだすことは、夢想としりぞけてしまうわけにはいかない。日本の風景は、稲田にはじまって桑や茶畑、リンゴ園など時代の要請でさまざまに変化をとげてきたことを思えば、ＢＳＥに汚染されない牧場を所々方々につくることは次代を担うものたちへの遺産ともなるはずだ。

（05・3・17）

東京のソメイヨシノ

小学一年で〈サイタサイタ　サクラガサイタ　ススメススメ　ヘイタイススメ〉と片仮名を学び、中学一年で〈同期の桜〉を毎日歌わされた世代には、未だに満開の花の下で素直に酒酌み交わすことのできないわだかまりが心の底に沈澱している。わたしにとって、春はどことなく鬱陶しい季節。

若い社会学者佐藤俊樹さんの『桜が創った「日本」』（岩波新書）が、その鬱陶しくも美しいソメイヨシノという桜花の起源をたどって、私の鬱を和らげ、わたしの蒙を啓いてくれた。「桜には自家不和合性といって、同じ樹のおしべとめしべの間では受粉できない性質がある。できた種には必ず別の樹の遺伝子がまざる…それに対して、接木や挿し木でふやせば、元の樹の形質をそのまま引き継ぐ。複製ができるわけだ」と、佐藤さんに教えられた。

江戸の後期か、駒込に近い染井村の植木職人が挿し木でつくった複製はソメイヨシノと名づけられ、まるで奈良の吉野から運ばれてきたかのように明治、大正、昭和と東京のあちこちに植えられていって、新しい花の名所をつくりだしていったというのである。わたしは学生時代、駒込駅を乗り降りし、染井の近くに下宿したことがありながら、そのことに気づかなかった。

東京の桜の開花宣言の基準木は、気象庁によって靖国神社の三本の桜木ときめられているそうだ。周知のように靖国神社の起源は維新後、木戸孝允が勧め、大村益次郎によって建てられた東京招魂社だが、佐藤さんはそこに植えられた桜史をきわめて実証的に掘り起こし、オオシマザクラやエドヒガンを押しのけて桜のクローン（複製）、ソメイヨシノが日本列島の桜の八割にも達する過程を丹念に描きだし、近代日本のたどった精神史の一面を描きあげるのに成功している。

かつての江戸にはさまざまな桜があって、一カ月近く花見が行われたが、ソメイヨシノの花期はたったの一週間。明日あたりから千二百万都民の慌ただしくも騒然とした花見の週が始まろうとしている。

（05・3・31）

象山の借金通帳から

五月二十四日付本紙朝刊に、佐久間象山の借金通帳が発見されたと報じられている。俗に、世に伝わる象山の書には偽書が多いといわれているけれど、今回見つかったのは「親交の深かった松代藩士竹村金吾に宛てた、資金借用の覚書と、借金の都度、日時や額を記した通帳で、ともに象山が公的書類などに使っていた佐久間修理の署名と押印がある」ことから、真筆に違いあるまい。

通帳には、「西洋詞書ハルマ（蘭和辞書）彫刻諸入用御内借金千両」と記され、嘉永二（一八四九）年九月から翌年末にかけて象山は、竹村金吾から総額四百数十両を借り入れていることがわかるという。嘉永二年初夏、象山は藩主真田幸貫に「ハルマ出版に関する上書」を提出している。象山が数多く書いた上書のなかでも白眉とされるもの。

財政逼迫《ひっぱく》のもと、老齢の藩主にはかつてのように打てば響くような答えのないまま、七月家老恩田頼母に、ハルマ辞書出版費千二百両を自らの知行百石と引き替えに拝借したいと願いでている。藩主―家老―勝手方と、ひそかに象山の願いが検討されて、竹村金吾を窓口にしてハルマ辞書出版の途が開かれていったのでもあろうか。

沓野村（現下高井郡山ノ内町沓野）小前百姓強訴一件が「三村利用掛《がかり》」の職にあった佐久間象山失脚の遠因であったが、江戸下向は藩主真田幸貫の時代の終焉でもあった。明けて嘉永三年正月、幸貫は元服まもない孫の幸教に家督を譲って二年後に死去した。藩主の交代は、往々にして藩内権力の動揺と混乱を生み、派閥抗争をよび起こす。松代藩もその例外ではなかった。前藩主真田幸貫に厚遇された藩士たちには冬の時代の到来を意味した。竹村金吾に宛てた象山の借金通帳が嘉永三年末をもって閉じられ、ハルマ辞書開板が挫折したのも、そのためだったのではないだろうか。
挫折したハルマ辞書開板の作業はどこまで進んでいたのか。ちなみに竹村金吾は晩年松代の戸長を務め、一八九二（明治二十五）年八十八歳で没した、とある。松代に松代学の興ることが必要だ。

（05・5・26）

伴走者の死

近所の子供たちが多摩川の畔《ほとり》で拾ってきた仔犬を、わが家で引きとることになったのは十五年前の冬のこと。仔犬は、すでに子供たちによってチコと名づけられていた。しっとりと濡れた鼻先が黒々と光り、動作敏捷で一メートル余の塀を軽々と越えて脱走するあたり、シェパードの仔かと期待をもたせたが、半年ほどすると、平凡な柴の雑種に育って主人をいくぶんがっかりさせる結果となった。チコはわが家に住みついた柴の四代目である。

長ずるに及んで性温順、少しも手がかからないばかりでなく、彼女は先住者たちとはちがう異能を持っていた。わが家にくる訪問客の種類を敏感に嗅ぎわけて、その啼《な》き方で知らせることきわめて正確であった。押し売りのごとき人物に対しては、百メートル先の角を曲がるまで激しく吠えたてつづけたし、夜不審な人が通っても同様だった。

午後四時ごろになると、主人の書斎にむけてひと声吠える。夕方の散歩のシグナルだ。若いころのチコは息がきれるほどに引っ張ってわたしに汗をかかせた。十五年間の彼女との伴走は日本列島縦断ほどの距離になりはしないだろうか。

犬の一歳が人間の六歳ほどにあたるとすれば、二年ほど前、チコが確実にわたしの年齢をこえたことがその歩みからわかった。犬の老いは人間の六倍の早さでやってくる。鋭い聴力が衰え、呼んでも応えず、ちょっとした段差にもつまずくようになった昨年の冬、チコは獣医さんに腎不全と診断され、尿毒症になれば余命旦夕《たんせき》と予告された。

関東地方が梅雨入りしたその日、予兆があって、夜いつになく哀しげに啼いた。チコはわたしと同様、東京の肌にべとつく梅雨が苦手で、八ケ岳山麓の乾いた風を好んだ。できれば彼女に澄んだ空気を吸わせてやりたい。可愛がってくれた隣人に別れを告げて車に乗せ、制限速度を守って中央道を走った。車に乗るのが好きだったチコは、しかしこの日は妻の膝に頭をのせたまま眠りつづけていたが、仕事場に着いた翌早朝、永遠の眠りに着いた。

（05・6・16）

越前大野の街で

かねて行ってみたいと思いながら、なかなかチャンスのめぐってこない街が日本列島には幾つも残っている。梅雨明け間近に、そんな街の一つ越前大野に出かける機会がめぐってきた。千メートル級の両白山地に周囲をかこまれた大野盆地は九頭竜《くずりゅう》川をはじめとする四つの河川が形成した扇状地の上にあり、戦国末期信長配下の武将金森長近《かなもりながちか》によってその基礎を築かれた城郭都市であった。街の地下には巨大な盆に盛られたように豊かな地下水があり、街の随所に御《お》清水《しょうず》、本願清水などと名づけられた湧水が湧きだし、いまも飲料水、野菜洗い、洗濯など市民の生活と結びついた公共の空間として利用されている。

碁盤の目のように設計された町並みには区割りの水路が通り、小京都の名にふさわしく、毎日開かれる朝市には近隣の農家のおかみさんたちがとりたての野菜の数々や季節の花々を道端に並べて、おしゃべりを楽しんでいる姿は、まるで数十年前にタイムスリップしたような光景だが、越前大野では少しも不自然さを感じさせない。逆に、長野や松本の街に毎日このような朝市が立ったなら、街にはよほどうるおいと余裕が生まれてきはしまいかと考えさせられてしまうのであった。

2005

だが、この古い城下町の地下水に異変がしのび寄ってきたのは、そう新しいことではなさそうだ。保水力の豊かなブナ林に代わってスギの植林が進み、近郊農村地域に休耕田が広がり、農業の基盤整備で水路がU字溝に変わり、公共下水道工事が進むなどするうちに、いつしか越前大野が四百年恩恵に浴してきた豊かな地下水の水位がみるみる低下して、地域によっては井戸涸れさえも現れはじめたというのである。

この街の清流には天然記念物に指定されたイトヨ（糸魚）という小魚がたくさん棲息していたが、気づいたときには絶滅寸前になっていた。イトヨは越前大野のカナリアだったのでもあろう。イトヨによって、越前大野には水の専門家ともいうべき敬虔な市民が何人も育ってきたことを、私はこの旅のなかで教えられたのだった。

（05・7・21）

ヤーコンの栽培

昨年お隣のH夫人の菜園にゴボウの葉に似た見なれぬ作物が姿を現し、子どもの背丈ほどにも成長した。南米アンデス高原を原産とするヤーコンというお芋だそうですと説明されたが、一度きいた名さえ忘れてしまっていた。

さて収穫後、お裾分けにあずかったのを見ると、サツマイモに似ていたが、翌朝サラダとなって皿に盛られたヤーコンは、そのシャリシャリとした歯ごたえと、ナシのようなほのかな甘みがわたしを驚かせた。

一旦その味を知ると矢も楯《たて》もたまらず作ってみたくなるのが、わたしの悪い癖だ。Hさんから譲りうけた花芽のついた根を腐葉土に寝かせて冬を越し、五月に畠に移したあとろくに追肥もしなかったのだが、八ケ岳山麓の陽光をアンデス高原のそれと錯覚したかのように、八月に入るやこの外来植物がけなげにも急に繁茂しはじめたのを目にして、わたしは何の知識も持ちあわせていないことに、忸怩《じくじ》たる気分にさせられていたのだった。

幸い、菜園仲間で随一の研究熱心なNさんがインターネットで蒐《あつ》めてくれたデータから、インカ帝国時代の古い植物が、なぜ今、日本で新しい時代の食物として脚光を浴びるようになってきているのか、その来歴が浮かんでくる。ヤーコンがニュージーランド経由で日本の農業研究機関に紹介されたのは二十年前だそうだが、いまではヤーコン研究の学会までも開かれているのは、この植物のなかにコレステロールを低下させ動脈硬化を予防する成分が含まれていることがわかったからだというのだ。

じっさい成分比較表でみれば、ヤーコンはフラクトオリゴ糖でキク科植物のゴボウに比べ約三倍、オリゴ糖でニンニクに比べて八倍、ポリフェノールで赤ワインよりも上回ると出ている。そして表の注に次のようにも記されている。「ヤーコンはエネルギーの低い野菜。飽食の日本人にはうってつけの食物」、そして「地球上には餓死と隣り合わせの人類がまだ、何億もいると云《い》う…」。この注に胸衝かれつつも、わたしは来年もなおヤーコンを作りつづけることになるだろうと思った。

（05・8・25）

珠玉のような絶筆

週一回出かけていくだけの大学なので、わたしは若い先生方と親しく交わる機会は少ないのだが、助教授だったTさんとは入試問題の作成で二年つづけて共同作業をしたことがあった。若さに似ずその仕事ぶりは丹念で教えられるところ多かった。口数は少なく自らの研究領域のことはほとんど語らなかったが、年配の同僚の話では、社会学の分野で将来を嘱望されているということだった。

じっさい、彼は幾つかの研究業績が認められてまもなく教授に昇格したらしかったが、社会学とは縁遠いわたしはTさんの研究論文を読む機会のないまま、教員食堂ででも会ったら耳学問として彼の話をきいてみたいと思っていた。

長い夏休みが終わったころ、Tさんが血液の疾患で急死したということを知った。将来を嘱望されていた彼の夭折を惜しむ声をあちこちで聞くとともに、彼がわたしと同郷であったことを知ってみれば、なおのこともっと親しく交わっておけばよかったと悔やまれた。

そんなわたしの気持ちが伝わったものか、彼の急死から一年近くたったころ、年配の同僚が分厚い共同研究の報告書ができ上がったといってとどけてくれたのを見れば、「沖縄の基地返還と移転」に関する現地調査リポートであり、生前の無口でもの静かな学究の徒とは一見結びつかないようなアクチュアルな内容だった。だが、Tさんのページをめくると、「名護市東海域におけるジュゴン保護問題」とあってみれば、それはまたいかにも彼にふさわしいテーマだったように思い返された。

ジュゴンとは儒艮とも書く。中国の古い伝説に出てくる人魚、それは逆に琉球から古代中国に伝えられたものなのかもしれない。Tさんの論文はそのジュゴンについてグローバルな情報を丹念に蒐《あつ》めて構成され、絶滅危惧種となっているこの大型哺乳類が名護市東海域に生育するというローカルな視点にしぼりこんでいく過程で、これを〝flagship species〟＝旗艦種として位置づけ、基地建設に対抗づけようと試みる。夭折した社会学者Tさんの珠玉のような絶筆には、彼の才がいかんなく輝いていた。

（05・9・1）

鼻ミズと栗

梅雨の季節にひいたカゼのあと、鼻ミズだけが残って秋になっても止まらない。右の鼻腔《びくう》だけ、それもしょっちゅうというわけではなく、食事どき、熱いミソ汁を啜《すす》ったりすると、とたんに鼻ミズが出だす。家人にうるさく言われて耳鼻科の門をくぐった結果、アレルギー性鼻炎と診断されて点鼻薬をもらってきた。

カゼの治りかけのある朝、仕事場の雨戸をあけると、火山灰のように黄色い粉がベランダに散り敷いていた。栗の花粉だと気づいて、掃き清めたあと、今を盛りと咲く栗の花を摘んできて、昔海軍の将官の肩を飾っていたあの金モールのような花の生態を観察し、鼻を近づけて匂いまでかいでみたりした。思うにそのときから、鼻ミズが止まらなくなったような気がする。

何日かたって、黄色い雄花が茶色くしぼんで地に落ちたあとに、豆粒ほどの「子栗」がすでになまいきにも青々としたイガをつけて枝にしがみついているのを目にして、私は造化の妙にうたれたのだった。

たぶん、縄文の人びとよりも早く八ケ岳山麓の一帯に根づいたシバ栗たちは、なにを天敵として逆茂木《さかもぎ》のようなイガによって自らを鎧《よろ》わなければならなかったか。おそらく、山麓に次つぎにやってくる野鳥たちに啄《ついば》まれぬように、まず外側をイガで、さらに硬い厚皮で、その上念入りに内側に渋皮をめぐらせて身を守ることをおぼえていったのではないだろうか。

縄文の人びとが、ある時期、標高一千メートルの一帯に集落をかまえることができたのは、山麓にシバ栗が群生していて、豊かな主食を提供してくれたからにちがいない。

とはいえ、シバ栗たちは縄文人の食糧としてはじめからあったわけではなく、冬にそなえてクマやシカや、とりわけリス（栗鼠）のためにあったのであろう。山麓に何度目かの野分がやってくる朝、イガからこぼれた艶《つや》やかな栗の実を、リスはせっせと運んで、土にうめ、栗の繁殖を助けながら冬をこすのだ。

耳鼻科で調剤してもらった点鼻薬で、わたしの鼻ミズは小康を保っている。

（05・9・15）

蘆花忌に

敗戦からまもないころ登山の味を覚え、地理の先生に連れられて仲間とともに榛名に登ったことがある。麓の温泉伊香保を舞台に小説「不如帰《ほととぎす》」を書いた徳冨蘆花は、伊香保をことのほか愛し、晩年病高ずるにおよんでこの地に移って没した。そんなことを石碑《いしぶみ》から知ったのも榛名登山の折のことだ。

翌年北アルプスで雨に打たれたあと微熱がとれず肺浸潤と診断されたわたしは、一年休学を余儀なくされ、ベッドの上で沢山の小説を読んだなかに蘆花の「不如帰」「自然と人生」「思い出の記」などもあった。

蘆花の祥月命日は九月十八日、その翌十九日と二十日が伊香保の温泉祭であることから、伊香保を広く世に知らしめた小説「不如帰」の作者を偲ぶ蘆花忌は伊香保温泉祭の初日に位置づけられ、蘆花の作品に親しんだ文士の誰かが招かれ、墓前祭のあとで講演を行うことになって久しいという。

今年墓前祭に招かれることになったわたしは、五十余年ぶりに蘆花の諸作を再読した。わけても「不如帰」は、わたしが中学四年生のとき単純に悲哀の物語と受けとめて読んだのとは異なるさまざまな側面がみえてきて、興味をそそられずにはおられなかった。わたしが初めてこの小説を手にしたのは結核病棟のベッドの上だったが、ヒロインの浪子が肺を冒されていたことをわが身におきかえるような読みかたを強いられなかったものの、大正昭和の〝肺病文学〟の魁《さきがけ》だったのだ。

物語の主人公川島武男と片岡浪子には福島県令、警視総監などを務めた三島通庸《みちつね》の長男弥太郎(後に日銀総裁)、陸軍元帥大山巌の長女信子というモデルがあって、プライバシーのやかましい現代にあっては囂々《ごうごう》たる非難を浴びるに違いないモデル小説であると同時に女性差別を訴えてもいた。裏を返せば幕末維新の中でにわかに形成された新貴族階級の家と家の関係の曝露。そして物語の後半は生なましい日清戦争下遼東半島の戦局を交えた壮大な社会小説だった。「不如帰」は兄蘇峰の主宰する『国民新聞』に連載され、読者の一喜一憂を誘う新聞小説の魁。徳冨蘆花はその多面性において再評価されてよい人の一人だ。

（05・9・29）

スキヤキのうたげ

たっぷりと堆肥を施し、何度か土寄せを怠らず、夏の終わりには緑葉の分かれ目までしっかり土寄せをしておいたので、根深ネギがよく育った。ネギの仲間は、萬葉集に歌いこまれているほどだから、この国の野菜の中では古株の方だろう。山麓に初霜の降りた日、ネギを掘りあげたところへ、今朝採れたといってFさんがとどけてくれた笊《ざる》には紅葉におおわれてムラサキシメジが並んでいた。

東京にもどった日、家人は名店街に足をのばし、いつになく奮発して和牛の霜降りを買いもとめ、娘が焼き豆腐やシラタキを持ちよって、久しぶりに豪華な仕度がととのった。スキヤキにかぎって、割り下、ミリン、サケ、サトウなど、料理長はわたしの手にゆだねられる。香ばしい匂いがたちはじめると、一瞬会話がとだえてみなの箸だけが忙《せわ》しなく動くことになり、わたしは丹精して育てた根深ネギと、八ケ岳産ムラサキシメジの味をかみしめる。

シラタキの原料である蒟蒻《こんにゃく》の原産地はインドシナ半島。サトイモなどとともに縄文時代に渡来したともいわれているから、ネギより歴史は古いのかもしれない。古来、「胃の箒《ほうき》」とか「腸の砂下ろし」などと医薬として用いられてきたものを、明治の初めスキヤキの具に入れた人物はかなりの知恵者だったのにちがいない。シラタキの主成分である食物繊維が腸の動きをうながして体内の毒物を排出する効果を計算してのことだったとすれば舌巻かずにはいられない。「胃の箒」であるシラタキはスキヤキの最後の締めとして、味の染みこんだところを卵にからめてご飯にかけて食べるのがよいと、シェフのわたしはひと講釈を加えた。

とはいえ、シラタキにBSE（牛海綿状脳症）の掃除役まで求めることはできない以上、ザル法の危険いっぱいなアメリカ産牛肉の輸入再開に賛成するわけにはいかない。ブッシュ氏がどうしてもテキサスの牛を日本に輸出したいというならば、「テキサス州に限って日本側と同じ安全基準を求めていいんじゃない」というのがわが家のスキヤキパーティーの結論だった。

（05・11・10）

冨嶽三十六景

土曜の午前、都心での仕事が簡単に終わったあと、上野駅の公園口に出た。乾いた空気、黄や紅に染まった欅《けやき》・桜の葉の散り敷いた道、晩秋の東京で最も心惹かれる場所だ。

冨嶽三十六景「神奈川沖浪裏」をアイ・キャッチャーにした北斎展のポスターに誘われて、わたしは国立博物館に向かう。九十歳まで絵筆を放さなかった葛飾北斎の作品は三万点とも十万点ともいわれるが、その多くが散逸し、名作の数々が幕末以来海外に流出したなかで今回、アムステルダムなど欧米の美術館の協力で数々の逸品五百点が一堂に並ぶとポスターにうたわれている。ゆっくり鑑賞するには半日がかりを覚悟したが、折あしく土曜日とあって人波のコンベヤーに組みいれられた三時間。勝川春朗の名でデビューしたこの奇才が俵屋宗理、葛飾北斎、戴斗《たいと》、為一《いいつ》と次つぎに名を改め、ついには画狂人、卍《まんじ》と号する最晩年まで、めくるめくばかりに変貌をとげるその多様な作品群に接して、わたしは驚嘆と疲労と充足感とに包まれた。

風俗を描く北斎の絵には早くから富士は姿を現している。江戸の街から見える山らしい山は富士のほかになかったから。しかし、美人画や役者絵に奔放な才を示していた北斎が富士そのものを正面から見すえるのは、円熟の境に達した七十代、為一を名のっているときのことだが、畢生《ひっせい》の大作「冨嶽三十六景」の構想は五十代の甲州、尾州、紀州への三度の旅のなかから生まれたのにちがいない。錦絵の装飾性から前景にさまざまな風俗が躍動的に描かれ、画面の奥に富士が置かれるのが、ほぼ定石だが、前景の風俗は北斎の確実なスケッチがあってのことと想像される。

メトロポリタン美術館蔵「冨嶽三十六景・信州諏訪湖」は、その図柄から類推すると、中央道が岡谷で分岐してしばらくしたあたりから俯瞰《ふかん》したもの。前景に、帆掛け舟が一艘《いっそう》、二人の漁師が描かれ、網をあげているかにみえる。

「冨嶽三十六景」に触発されたかのように、晩年のセザンヌがサント・ビクトワール山六十余点を描くのは、それから半世紀近く後のことだ。

（05・11・17）

「2005年問題」

バブルの潮が遠く退いてゆき、世間が不況の底に喘いでいるのを尻目に、汐留や六本木に巨大な超高層ビルが姿を現しはじめたのは不思議な現象だった。それに呼応するかのように都心の一等地に新しいオフィスビルやマンションが立ち並んで付近の景観を一変するようになっていったのも、景気回復を示す指標としてではなく、東京という都会のどことない不健全さを感じさせる光景だった。

そのころ、東京の街の〝二〇〇X年問題〟といったことばをしばしば耳にした。交通至便な一等地にあれほど多くの巨大なオフィスビルが立ち並ぶと、環状線の外側に立つ古いオフィスビルは立ちゆかなくなってみなシャッターをおろすのではないかというのであった。わたしが仕事でしばしば立ちよる東銀座の裏街にも、そんな危機感が流れていたし、いまも懸念は消えていない。

六本木ヒルズには一度出かけていったことがあるが、行きかう人の顔がどことなくホリエモン氏に似て見えてきて、〝二〇〇X年問題〟とはこのビルそのものであるとさえ思えてきた。数百億の金を自在に動かし、汗することなく球団を買いとるのはまだしも、経営理念も感じられないままテレビメディアを禿鷹《はげたか》のように狙う投機家の巣窟《そうくつ》とこのビルは化しているのではないか。

だが、東京の街の〝二〇〇五年問題〟は予想もできないようなところから姿を現してきた。一人の一級建築士を表面に立てるかのようにして描かせた耐震強度偽装の設計書によって、震度5強の地震にも耐えられぬマンション、ホテルなど五十ほどの物件がすでに建てられてしまっていたという信じがたい事実。

すでに関係者の一人が不審な死をとげ、十一月二十九日に開かれた衆議院国土交通委員会に参考人として招致された関係者のなかに、くだんの一級建築士の姿はなかった。身の危険を感じてのことでもあろうか。審議の中継からその闇の深さが伝わってくる。ホテルの問題は信州にも飛んでいると報じられ、つい一カ月前にわたしはそこに一泊していたことに気づかされた。ホテルの近くには中央構造線が走っているはずだ。

（05・12・1）

念願の霜月祭り

伊那谷の奥、遠山地方に八百年もの間伝承されているという霜月祭りを見に行きたいというのは、ずいぶん前からの願いだったが、なかなか踏んぎりがつかぬまま、なかば諦めてしまっていた。夜を徹して行われる湯立て神楽、そのクライマックスは夜のしらじらと明けそめるころだという。心忙しくなる歳末とも重なり東京からのアクセスを考えただけでも方策立ちがたかったのだが、今週の日曜、飯田で所用のすんだ後、Tさんが案内に立つ、という思いがけない申し出にわたしの心は躍った。

最大の難所矢筈峠に隧道《ずいどう》が開いたことで飯田と遠山二カ村の合併が可能になったというTさんの解説の通り、一時間足らずでわたしはかつての秘境旧上村の「上町正八幡宮」に運ばれていた。前夜の降雪で氷点下六度と凍《い》てつくV字谷の底から見上げる空は自然のプラネタリウムとでもいうほどに星が美しい。

この夜、二つの釜に湯の煮えたぎる社殿には八百万《やおよろず》の神々が招待され、村人たちはさまざまな願いをこめて神楽を奉納し、接待の限りを尽くす。襷《たすき》の舞、羽揃《はぞろ》えの舞、鎮めの舞、日月の舞と進むころ、面役となる数人の若者が上村川に禊《みそぎ》に向かう。いよいよ祭りの頂点が近づいてくる気配だ。全身まっ赤な狐面の稲荷と剣をふり回す山の神とが交互に村の若者たちと奇声をあげながらぶつかりあう場面は村人と神々の交歓の場だろうか。

クライマックスを演ずる水の王と土の王は、ともに面をかぶったまま白く煮えたぎる釜から素手で熱湯をすくいとって周囲にまきちらして禊《みそぎ》をする。水の王と土の王に代わって登場する火の王と木の王がふたたび息を吹きかけて湯をたぎらせる。四つの面の乱舞で興奮は最高潮に達していく。

霜月祭りに入れ代わり立ち代わり現れる面には、江戸時代に大坂（大阪）から伊那谷に流入してきたという文楽の面たちのような洗練さはなく、あくまでも稚拙で土俗的だ。思うに、外界から隔絶したこの地には歴史の節目ごとに、敗れさった順《まつろ》わぬ人びとがひそかに移り住むことで古層を成したのではないだろうか。V字谷の地形と似て、霜月祭りの面には、生の厳しさ辛さが裏打ちされているようで、地の底に引きいれられるような思いにひたった。

（05・12・15）

市町村合併騒動（二〇〇三―〇五年を振り返って）

（二〇一〇年八月記）

八ケ岳西麓（茅野市）の仕事場に住み着くようになって三十余年となり、足かけ七年ごとにやってくる日本三大奇祭と異名のある諏訪大社御柱祭にはすでに六回めぐりあったことになる。四月から五月にかけて、山出し、木落とし、川越し、曳行、そして最後に建御柱《たておんばしら》まで一カ月かけて行われるこの祭礼は、一回や二回見物しただけでは全体像はつかめない。二〇〇四年の御柱祭には、まだ参観したことのない下諏訪町下社（春宮、秋宮）の山出しと木落としに一日随行しながら、奇祭の由来を考えたのが一三一ページの「巨木の祭り」である。この年の下社木落としは怪我人などもなく無事終わったが、今年（二〇一〇）の木落としには犠牲者が出たという。10トンの巨木は数十人の氏子を乗せて斜度40度近い斜面を降りていくのであるから、まったく命がけの祭礼なのだが、諏訪盆地の人びとを興奮の渦にまきこんでいく不思議な力を秘めている。

二〇〇三年から二〇〇五年にかけて、日本列島は北から南までくまなく市町村合併の騒ぎの中にあった。国の決めた×年×月までに合併を決めた町や村には文化会館の七割を国が負担してくれるそうだといった人参に向かって多くの市町村長らが走り始めた時期、諏訪盆地にも大諏訪市構想が描き上げられる中で、富士見町、原村についで市民アンケートで合併に反対したのは諏訪大社上社の祭礼の中心的役割を担う茅野市民だった。大諏訪市構想は茅野市民アンケートによって瓦解しながら、二〇〇四年諏訪大社御柱祭は諏訪市、茅野市、岡谷市、下諏訪町、富士見町、原村の三市二町一村の住民の水も洩らさぬ協力によって整然ととり行われたのであり、あの市町村合併の大合唱を尻目に、今も六つの自治団体は独立自存の道を歩きつづけている。まさに、諏訪大社御柱祭は縄文の昔から今日まで奇祭の光を放ちつづけているといってよいかもしれない。

明治維新以降、大規模な市町村合併は19世紀末のいわゆる〝明治の大合併〟、これは小学校の児童の足が基準となって行われ、20世紀半ばの〝昭和の大合併〟は戦後学制改革で発足した新制中学の生徒たちの脚力を基準にして行われたといえるだろう。

小泉政権下で行われた〝平成の大合併〟の基準はまことに曖昧模糊としていた。ひたすら地方財政の赤字解消に向けて、自動車を規準に合併は強引にすすめられたおもむきがあった。『夜明け前』の冒頭で「木曾はすべて山の中」だと書かれたように、信州は全体が山国であり、自動車を基準にした合併で車をもたないお年寄りや子供たちは基準からこぼれ落ちたといえぬだろうか。小泉内閣発足時、信州には百二十二の市町村が存在した。そして〝平成の大合併〟の大波がすぎたあとも七十七の市町村が残っている。〝平成の大合併〟という大波をくぐってなお合併しない町村が多く残っているのは県南の下伊那であり、そこで古来からの祭りや貴重な芸能を守っているのは後期高齢者といわれるお年寄りが多く、わたしの下伊那詣でが足繁くなってきた。

2006

|

2008

諏訪大社・御柱祭．山出し初日，上社の御柱は多くの氏子たちに曳行されて里へ下る ── 長野県茅野市玉川で．(2004 年 4 月 2 日撮影．毎日新聞社提供)

年頭豪雪に思う

幾つかの豪雪が記憶の中にある。

一九三六（昭和十一）年二月二十六日の朝、家族がラジオの前に集まっていた。雪の東京で軍が首相官邸、国会などを包囲しているというニュースの意味が五歳のわたしには理解できなかったが、信州でもいつ止むともなく重たい雪が降りしきっていたのを覚えている。

敗色濃くなった一九四五（昭和二十）年二月も豪雪だった。新聞は大本営発表に忙しくラジオは空襲警報ばかりで、飯山線が数十日不通となり秋山郷が外界から途絶したことなど報じられることはなかったから、森宮野原駅の積雪七メートル八十五センチの標柱で雪の深さを想像するほかはない。

一九六一（昭和三十六）年の一月、わたしは取材で津軽に出かけた。五能線の五所川原駅に夜降りて乗ったタクシーは吹雪でワイパーが動かなくなってしばし立ち往生を余儀なくされた。津軽の吹雪は空からではなく海から横なぐりに吹きつけてくるものと知って恐怖におののいた。いわゆる「三六豪雪」の年だった。一九八三（昭和五十八）年の「五八豪雪」の爪跡は、なぎ倒された福井の杉林の無残な姿で知った。

さて今年、二〇〇六年の年頭豪雪はいまこれを書いている時点で、死者が七十名を超え、負傷者は千名を上回るとテレビは伝えている。死傷者の多くが豪雪地帯に孤絶する高齢者だとも伝えられている。

一立方メートルの雪の重さは三百キロになる。二十坪の屋根に積もる四メートルの雪の重さは七十トンをこえる。幾晩も小止みなく降りつづく雪の重さは想像に余りあるものとなる。三六豪雪、五八豪雪のころ、雪深い山村には雪に慣れた壮年層がいて屋根の雪下ろしが可能であった。それから二十年、四十年、かつての壮年層が高齢化した結果が、今回の犠牲となって現れたのではないだろうか。

豪雪地帯は日本の屋根といってよい。その屋根がこわれかけているともいえる。さらなる市町村合併の推進とか、道州制の導入などという前に、日本の屋根を米国ニューオーリンズのようにしないためのきちんとした国の施策を求めずにはいられない。

（06・1・12）

竹内好研究よ興れ

竹内好という思想家がいたことを、最近の若い人たちはほとんど知らない。年譜の冒頭に「一九一〇年長野県南佐久郡臼田町に生まる」とあり、わたしは同郷のよしみもあって何度かご自宅にうかがう機会があったが、いまにして思えばもっとあけすけに郷里とのかかわりを聞いておくべきだったと悔やまれる。

幸い『竹内好全集』巻末の年譜にその出自は詳述されており、旧臼田町に戦後まで残っていた木造三階建ての旅館料亭風の建物が母堂の生家で、竹内さんはここに誕生したことがわかる。父君の東京転勤で幼少の思い出は刻まれなかったはずだが、夏の墓参は欠かさなかったというところに、竹内さんの郷土意識をかいま見ることができる。

竹内家に婿養子として迎えられた父君の実家は松本近在の郷士で、縁戚に柳田國男の高弟胡桃沢勘内のいることなども年譜で初めて知った。

柳条湖事件に端を発する「満州事変」の起こった一九三一年、東大文学部支那文学科に入学した竹内好は、郁達夫や魯迅の作品にめぐりあうことで、漢籍偏重の支那学とは全く異なる新しい潮流が大陸に生まれつつあることを知り、武田泰淳、岡崎俊夫、増田渉、松枝茂夫らと語らって

「中国文学研究会」を組織していくことになる。滔々たる大陸侵略の潮流に叛く若い仲間の前途には、多くの障害が次々にまちかまえていたであろう。

わけても日中戦争が泥沼化するなかで、中国文学研究会のメンバーには狙い撃ちされるように「赤紙」がやってきて、大陸の戦場に駆りだされていくことになる。武田泰淳の『司馬遷』、竹内好の『魯迅』は召集令状にそなえて遺書のようにして書きあげられた記念碑的な作品であった。出征の直前『魯迅』を脱稿した竹内好は一兵卒として中国戦線に送られ、一九四五年八月、湖南省岳州で敗戦を迎え、一九四六年七月に復員した。

戦後、竹内さんの評論活動はきわめて多面的であったが、要は戦時中の体験を踏まえた、日本の思想、日本人の精神の根源的改造への希求にあった。その竹内好の著作が、いま中国で熱心に読まれ始めているという。

*

戦後を代表する思想家の一人、丸山眞男さんの父君が信州松代の出身ということもあって、竹内さんと丸山さんはのちに同じ吉祥寺に居を構えて親しく交わった。

敗戦が目前に迫ったころ、ポツダム宣言のなかに「基本的人権ノ尊重ハ確立セラルベシ」とあるのを知って喜びを他に知られないように苦労したという丸山助教授（当時）の回顧談に対して、湖南省の戦地で敗戦を迎えた竹内一等兵は「天皇の放送は、降伏か、それとも徹底抗戦の訴えかであると思った。ここに私なりの日本ファシズムへの過重評価があった。私は敗戦を予想していたが、あのような国内統一のままでの敗戦は予想しなかった」とし、「よろこびと、悲しみと、怒りと、失望のまざりあった気持ち」で迎えた八・一五は「私にとって、屈辱の事件」だったと回想している。

『竹内好という問い』（岩波書店）の著者、孫歌氏（中国社会科学院文学研究所研究員）は、すでに日本人の多くが塵箱《ごみばこ》に投げようとしている六十一年前の敗戦状態と、微妙に異なる政治感覚の違いに踏みこみながら、二人の戦後思想家の思考の軌跡をあとづけており、そこに自ずと中国の新しい世代の竹内好への問題意識が浮き彫りとなっていて刺激的だ。

――戦後思想は、日本人が日本人の歴史を批判する、自己批判というかたちで構築されてきました。これはおそらく東アジアのなかで唯一のケースだと思います。

――丸山眞男の早い時期のやり方は「分析」という意味ではうまくいきました。けれども、問題を解決することはできない。すなわち、日本という「主体」をどう形成するかという問題は、その分析だけでは出てこない。

――ナショナルな感情について、竹内は何度も問題を提起しましたが、同時代の人たちはそれにうまく対応することができませんでした…（略）…中国でなら、竹内好の努力は危ういことにはほとんどならない。しかし、日本の場合にはこれは非常に危険に見えるのです。危険に見えるから否定するのは賢明ではない。今こそ竹内をお粗末な「日本主義」から選び出すチャンスだと思います（『世界』二〇〇六年二月号）。

竹内好のアジア主義に佐久間象山が唱えた「東洋道徳、西洋芸術」を重ねてみたい。

（06・2・9、2・16）

「映画監督って何だ！」

神田駿河台に「駿台荘《すんだいそう》」という風変わりな旅館があった。客室は懸崖《けんがい》の菊に似て崖っ縁にしがみつくように幾層かになって建っていたから、客は玄関に入ると、階段を下って下へ下へと案内される。外界から隔絶する趣が文士や脚本家に好まれたが、一九三六年二月二十六日の未明、前夜来集まっていた伊丹万作、衣笠貞之助、伊藤大輔、村田実、牛原虚彦という五人の少壮の監督が、日ましに表現の自由が狭められるのを憂えて「監督協会」設立を協議した。

彼ら五人が趣意書に署名をして解散した直後、陸軍皇道派の青年将校が率いる約千五百の兵が雪の降りしきる永田町一帯に散開し、二・二六事件という未曾有のクーデターに発展していった。

それから七十年、二月二十六日の東京は朝から冷たい雨が降りしきり、もう少し冷えこめば七十年前を再現させたかもしれない。この日、古希を迎えた日本映画監督協会創立七十周年の記念として上映された『映画監督って何だ！』（監督伊藤俊也）という作品は、さすがＰＲ映画の域をこえ、約一時間半エンターテインメントとしても秀逸だった。

プロの俳優としては小泉今日子ほかわずか数名。日ごろメガホンを持って目を光らしている監督九十名が裃《かみしも》を脱いで俳優を演じているのがまず面白い。映画のオープニングは一九三六年の駿台荘の場面で、五人の設立世話人を演ずるのは孫のような現役監督たち。やがて舞台は一転して江戸の下町、浪人の菅徳《かんとく》右衛門（小栗康平）と元花魁《おいらん》の脚本太夫（阪本順治）、二人の間に生まれた子を悪徳大家の著作軒某《なにがし》（若松孝二）が用心棒を連れて奪いにくるという活劇。ここで映画の主題「監督は映画の著作権者である」という監督協会の主張が、観るものの胸にストンと落ちるところから、画面はドキュメンタリータッチへと変わって一九七一年改正の著作権法批判へと向けられていく。

たとえば五所平之助の名作『煙突の見える場所』を鈴木清順、林海象、本木克英の三監督が撮ればどうなるかという劇中劇。この隠し味によって、観客の目は自然この映画の主題に深く肯くという趣向に、わたしは拍手喝采を送った。

（06・3・2）

昭和ヒトケタと団塊

昭和ヒトケタに生をうけたわたしたちは、かつてひとくくりに〝昭和ヒトケタ〟と呼ばれ、善きにつけあしきにつけ一つの世代として扱われてきた。生まれたのが昭和の経済恐慌から「満州事変」にかけての不安の時代であり、物心ついて学校に上がったのが戦争のさなかであり、敗戦後の物資欠乏のなかで心身ともに成長の時期を過ごしたから、昭和ヒトケタは戦後復興のなかで豊かさを追い求め、いつしか高度経済成長の担い手として頑張る運命を背負わされることになった。

その昭和ヒトケタから遅れること十数年をへて生まれたのが〝団塊の世代〟と呼ばれる皆さんだが、団塊の世代という呼び名にもこの国の歴史が色濃く投影されている。一九四五年八月敗戦の日、アジア・太平洋の各地にあった日本軍人、一般邦人の概数は六百六十万人といわれ、敗戦の翌年から数年のあいだ、民族大移動にも似た復員・引き揚げが行われた。その結果一九四七年から四九年にかけて七百万人以上の新生児の誕生をみることになる。いわゆる団塊の世代の皆さんは平和到来の落とし子であるとともに、戦争の歪みがその出生統計に表現されていると読みとることができる。

2006

国はそこまで読みとることができなかったから、団塊の世代が学齢に達するや六十人近い教室も珍しくなく、スシ詰め学級はきびしい受験競争を生み、やがては六〇年代末の学園紛争へと導かれていくことになる。連合赤軍の無残な悲劇は、団塊の世代に底知れない挫折感を植えつけたのではないだろうか。その挫折感を共有しつつ会社人間になっていった団塊の世代の人たちを、わたしは何人も知っている。

昭和ヒトケタは疑うことなく高度経済成長を支えて働いたから、多くがエネルギーを使い果たしたようにして定年を迎えたのに引きかえ、挫折感を不完全燃焼感に置きかえて会社人間をやってきた団塊の世代は、定年を前にして地域で生きていくエネルギーを潜在的に保持しているのではないだろうか。昨秋、首都圏のベッドタウンで誕生した五十代の市長は団塊党にスタンスをおいて勝利した。彼らの第二の人生に注目したい。

（06・3・23）

CO_2から生まれた食器

新聞の科学欄は一般読者にわかりやすく書かれており、わたしのような門外漢でも思わずひきこまれて読んでしまうことがある。

「CO_2からプラスチック　四十年前日本で発見、中国で工業化進む　国内でも研究が再開」(『朝日新聞』二〇〇六年五月二十三日付夕刊）という見出しの記事によれば、一九六八年、東大工学部の実験室で、当時助教授の井上祥平さんと大学院生の鯉沼秀臣さんが二硫化炭素の液体から高分子（プラスチックなど）をつくる研究をし、高分子はできたものの、悪臭を放つイオウ化合物が発生するため、実験は頓挫したとある。わたしがひところ住んでいたアパートの近くで化学工場から排出される赤黒い蒸気に悩まされたことを、わたしはふと思い起こしてしまったのだが、高度成長期に入った東京の下町に、そんな光景は珍しくなかった。

頓挫した実験をたて直すため、鯉沼さんは二硫化炭素と似た二酸化炭素を代わりに使い、亜鉛化合物を触媒にしてみごと高分子をつくりだした。当時、学会や企業から注目されたけれど、触媒効率が一万倍以上のポリエチレンに太刀打ちできなかった背景を、井上さんは同記事のなかで、「当時は、石油資源の枯渇のおそれや地球温暖化といった問題がまだ認識されていなかった」からだと語っている。

それから四十年、時代は大きく変わった。石油資源の枯渇、地球温暖化の声を背に、高度成長の途をひた走る中国、内モンゴル自治区に、隣接するセメント工場から出る二酸化炭素を原料とする高分子の実験工場が三年前に生産をはじめ、海南島でも年産一万トン規模の工場が建設中だと報じられている。

二酸化炭素でできたプラスチックの原料の袋には「生物降解」という中国語の表示があって、

土中で微生物に分解されることがうたわれており、原料は食器などに利用されているという。日本の高度成長期に開発されながら、コスト高のためにお蔵入りになっていた循環型科学技術が内モンゴルや海南島で再生していることに注目してよい。高度成長の〝先進国〟として、公害問題までふくめて、日中両国のあいだには提携すべき情報や技術は多々あるにちがいない。

（06・5・25）

頽廃芸術といわれて

「日本におけるドイツ年」の最後を飾る企画の一つとして、東京芸術大学大学美術館で開かれていた「エルンスト・バルラハ展」は重く強烈な印象を残して閉幕した。

バルラハの名はブレヒトとともにドイツ表現主義の劇作家としてわたしの頭にきざまれていたので、眼前に置かれた存在感に満ちた木彫やブロンズが同一人物の手で彫りあげられたとは容易に結びつかなかったのだが、日本にも詩と彫刻をきわめた高村光太郎のような人もいる。

光太郎や荻原守衛は明治の末パリを目ざし、ロダンに出会った。二人よりも一足早くバルラハもパリに出かけるが、「私が言えるのは、フランス美術とフランス的趣味を手本とするのは本当にばかげている、そんなものに私たちが到達することはないからです」といってさっさとハンブルクに戻った彼は、「暖かい炎がチラチラと燃えるように、小さくても良い作品を仕上げたい、本当に〈完成〉させたい、という希望をもっています」と書きつける。

バルラハが中世ゴシックにこだわりながら、自分のフォルムをつかまえるのは、日露戦争直後二カ月間、北の国ロシアを旅する中でのこと、「ロシア旅行は私に〈果てしなさ〉という概念を教えてくれました」と彼は書き、北の果てにうずくまる農民の像を樫の材木から浮き上がらせる。そして第一次大戦、「多くの血が流されましたが、それは流される必要もなかったものでしょう。何も学ぼうとしない人は、何も学ぶことができない人とともに増えています」と記すバルラハはワイマール時代により添うように戦没者の像を刻み、作品の精神性は深まっていく。

一九三七年、ナチスはバルラハの作品三百八十一点を「頽廃芸術」として廃棄し、バルラハは翌年バルト海の港町で失意のうちに没したという。近代ドイツを代表するこの彫刻家の作品が、没後七十年近くたってようやく日本に紹介されたのは、遅きに失した憾《うら》みがある。バルラハがパリで光太郎や守衛に会っていたら、「諸君には運慶や木喰《もくじき》上人という遺産があるじゃないか」と励ましのことばをかけはしなかったろうか。

（06・6・8）

中野孝次「ガン日記」から

一昨年の七月、七十九歳で亡くなった中野孝次さんの「ガン日記」（『文藝春秋』七月号）を読んだ。中野さんとは、生前、中国、旧ソ連と各二週間ほどの旅を共にしたことがある。晩年の彼は『清貧の思想』（文春文庫）で普く知られるようなったけれども、むしろその素顔には独特の美意識に基づく完璧主義の一面があって、それゆえ中野さんとの旅には爽快かつ豪快な思い出が残されている。没後、遺作として発見された「ガン日記」は和紙七十三枚に浄書されたものと解説にあるが、そこにも彼の完璧主義が示されている。

ガンの告知を受けて数日の間、全摘手術を迫られたら断るとして、抗ガン剤治療によるべきか漢方薬によるべきか、C病院にするかD病院にするかなど、中野さんの心は激しく揺れ動くなかで、D病院の門をくぐり若い医師との面談でカフカの「城」を思い起こすくだりがある。

——若き医師の話は延々とつづくも、要するに当病院にては引き受けられぬということを、言っているとわかる…聞いているうちに、食道ガンには前途にいかなる救いの道もなきことに非ずやと腹が立ち、「で、もしいかなる方法もないとすると、あと生きるのはどのくらいです?」——とたずねる患者中野孝次に、若き医師が、「あと一年ですね」とおうむ返しに答える場面がある。そしてこうつづく。

――そうか、そういうことか、これが要点か、中江兆民は「一年有半」と言ったが、俺の場合はあと一年かと、ショックを受けた。わかりました、もう一度相談し直してどうするか決めます、といって出る。そのときつくづく大病院頼りにならず、と思えり。恢復《かいふく》見込みなき患者は受け入れるなとの達しあるかと疑わざるを得ざりき――

百余年前、中江兆民には「続一年有半」の遺著を書き残す余裕が与えられたというのに、中野孝次には僅か五カ月の時間しかなかったが、幸い海のみえる療養型病院で最期を迎えた。それから二年後、老人医療の危機がさらに深まっていることを同じ雑誌で多田富雄さんが激しく告発している。来週また、これをテーマに。

（06・6・15）

多田富雄さんの抗議

免疫学の多田富雄さんはかつて本欄に筆を執っておられたが、五年前旅先の金沢で脳梗塞の発作に見舞われた。三日あまりたって意識がもどったときには、右半身の完全な麻痺、高度の構音（発音）障害、嚥下《えんげ》機能の障害で叫ぶことも訴えることもできない状態で、地獄のような三カ月を旅先の病院で過ごしたという。

東京都リハビリテーション病院に空きベッドが見つかり、ここで専門医の指導のもと、優れた理学療法士と、作業療法士、言語聴覚士による系統的訓練を受けられるようになったのは発症から五カ月あまりたっており、右腕の機能はついに回復しなかった。「車椅子にベッドから乗り移ること、入浴の仕方、左手だけでパソコンをポツリポツリ打つことなどを身につけ、十カ月ぶりで娑婆《しゃば》に戻った」という報告に、多田さんのなみなみならぬリハビリへの意志が読みとれる。やがてまもなく左手でポツリポツリ操るパソコンから数冊の著作が生まれ、能の台本作者多田富雄が出現したことに、わたしは驚嘆したのだった。

発症から三年余、前立腺癌というもう一つの病魔が多田さんを襲う。検査と手術のための入院、予後の手当てが、その運動機能を低下させ、ふたたび根気を要するリハビリのため二つの病院に通う多田さんに第三の災難がふりかかることになる。多田富雄「小泉医療改革の実態　リハビリ患者見殺しは酷《むご》い」（『文藝春秋』二〇〇六年七月号）によれば、四月からの保険診療報酬改定で、「障害を持った患者のリハビリが、一部の例外を除き、最長でも百八十日（六カ月）で打ち切りにされるというのである」。多田さんは自らの五年にわたる闘病と社会復帰の軌跡をたどったあと、「小泉首相に問いたい」と次のように記している。

――障害を持ってしまった者の人権を無視した今回の改定によって、何人の患者が社会から脱落し、尊厳を失い、命を落とすことになるか。そして一番弱い障害者に「死ね」と言わんばかりの制度を作る国が、どうして福祉国家といえるのであろうか。——
私も全く同感だ。

（06・6・29）

銀の雫となって

信州にはどこよりも早く高齢化の波が来るにちがいない、そんな議論の交わされた会合で、ノーマライゼーションという耳馴《みみな》れないことばをきいたのは、かれこれ二十年以上も前のことだ。家に帰って辞書をめくってみたものの要領をえなかったが、いまではノーマライゼーションはそのまま国語辞典に載っており、こんな説明がついている。

〈障害者などが地域で普通の生活を営むことを当然とする福祉の基本的考え。また、それに基づく運動や施策。一九六〇年代に北欧から始まる〉（『広辞苑』）

スカンディナビア半島の一角で生まれたこの着想が、わたしの耳にとどくまでには二十年近い時間を要したことになる。

雫石とみさんという天涯孤独の女性の申し出で、高齢化社会のなかの人間模様などをテーマにした「銀の雫文芸賞」という地味な賞が設けられたのも、そのころのことだ。

雫石さんという方をわたしは直接知らないが、東北に生まれおしんのように苦労したらしく、戦後しばらく上野駅付近で路上に生活したりもした。目を患って女性保護施設に収容されたが、自ら退所してその体験を描いたものが、NHKでラジオドラマ化されたのだという。「天涯孤独の身、生きていくのに必要のない二千万円を役立ててほしい」というのが「銀の雫文芸賞」の設立基金となった。銀とは高齢を表すシルバー、雫はむろん設立者雫石さんの姓を一字借りたもの。

雫石とみさんは三年前の冬、清貧のなか九十一歳で亡くなったが、爪に火を灯すようにきりつめた生活で蓄えた追加の浄財を残し、十九回を重ねてなお賞はつづいている。わたしは縁あって、その選考に参加させていただいているのだが、ラジオ、テレビという媒体を得たためもあって応募作は全国におよび、年齢も十代から九十代まで。天涯孤独の女性の志が、銀の雫となって電波にのって広がっていくのは楽しい。

（06・7・20）

「ジダン　神が愛した男」

幸か不幸かわたしの生活のサイクルがドイツ時間とぴったり重なっていたため、睡眠不足に陥ることもなくワールドカップを堪能する結果となった。

一次リーグと決勝トーナメントとでは、スタジアムにくり広げられる緊張の度合いは次元を異にし、一次リーグで姿を消していったチームと決勝トーナメントに残ったチームの実力の差は天と地ほどにへだたっていることを思い知らされた。

一次リーグの初め、フランスチームの動きは鈍く、前大会同様早々と姿を消すかと思われたが、回を重ねるにつれて実力を発揮し、決勝にまで進出した中心にジダンの姿があった。「彼の出る試合だけは必ずテレビで観ることにしている」という中田英寿のことばを思いだしながら、獲物を追う豹のようにボールに向かって走るジダンに釘づけになっていたから、W杯決勝の延長後半五分、突然ジダンがくるっと後ろに向いて、マテラッツィの胸に頭突きを喰らわせ、マテラッツィが仰向けにひっくり返ったシーンが目に焼きついた。

その後の事態の展開はメディアが詳しく伝えているけれども、この試合後には引退するはずの天才がなぜあの瞬間、手でも足でもなくトレーニングで最も鍛えていた前頭部を使って相手を打倒するという反則を犯してピッチを去っていったのか、わたしには分からない。

たまたま有楽町で『ジダン 神が愛した男』という映画を観た。監督は英仏二人の美術映像アーティストで、主役はジダン。といっても昨年四月二十三日のレアル・マドリード対ビジャレアル戦に登場したジダンに十七台のカメラを向け、最先端の技術を駆使して九十五分間追いつづけたドキュメンタリー。ベッカムやロナウドには目もくれず、カメラはひたすらジダンのつぶやき、うめき声、足音をすくいとり、ジダンの心のうちに向けられていく。

観衆約七万の津波のような歓声、一瞬の静寂、レッドカードを受けて退場するジダンの後ろ姿はカミュの『異邦人』の主人公ムルソーに似ていた。二人にはアルジェリアの太陽が似合う。

（06・7・27）

木崎夏期大学九十歳

わたしのなかにある信州地図で、未だ踏まざる場所は北安曇に多い。大糸線も白馬まででその先は知らず、塩の道も歩いていない。学生のころ、木崎湖畔に夏期大学というのがあるときいたが、南佐久から北安曇は遥かに遠く、つい行きそびれてしまった。

その「信濃木崎夏期大学」は一九一七年に開設され、今年で創立九十周年を迎えるという。東京での協力者には後藤新平、新渡戸稲造、藤原銀次郎、柳田國男といった名が並ぶが、地元信州では信濃鉄道（現JR大糸線）の社長今井五介、当時弱冠二十九歳の小学校長平林広人らの八面六臂《ろっぴ》の活躍があったことを忘れるわけにはいかない。

時代にさきがけて生まれた木崎夏期大学の長寿の秘訣をたずねて、わたしははじめて木崎に足をのばした。千国街道がバイパスに通ずる手前で左にそのまま旧道を走るとまもなく、眼下に湖を見おろす丘の上の樹間、古刹《こさつ》にも似た「信濃公堂」と呼ばれる広大な建物に行きあたる。蝉しぐれのなかで二百数十人の聴講生が講義に耳傾けている。講堂をかこむ回廊には色とりどりの山野草が生けられ、あけ放たれた窓からは蝶やトンボが遠慮なく飛びこんでくるなかで、朝から昼食を挟んで午後まで講義はつづく。

学問的生命にたとえれば三代、四代にも及ぶ九十年の長寿の秘訣は幾つか数えあげられるだろう。発足後しばらくして、若い小学校教師の自主的な研修の場となり、県内はいうに及ばず全国からはせ参ずる聴衆の熱意が講師の情熱をかきたてたこと、大正期に確立された自由な教養主義のスタンスが社会の激動にもかかわらず微動だにしなかったこと、開かれた精神と山紫水明の環境が相まって卒業証書のいらない知的空間がつくり出されていったこと、などなど。

時は移り人も変わる。この日の講師の演題は「脳科学の新展開」、せっせとノートをとる聴衆のなかに女性と老人の姿が多かったこと。いまや、夏期大学は高齢化社会をより豊かにするための生涯学習の場ともなっている。

（06・8・10）

甲子園の暑い夏

早稲田実業という野球の伝統校が都心からわが家にほど近い国分寺市に移ってきたのは五年前

のこと。当初、周辺住民との話し合いで「グラウンド練習が午後六時半までと制限されたんじゃあ強くはなれませんよ」と喫茶店主は嘆いたが、移転一年後に男女共学制をとったこの学校はたちまち周辺随一の進学校になっているというのが行きつけの理容室での情報だった。東京からはもう優勝校は出ないよという客もいた。

さて、この夏の甲子園の下馬評は駒大苫小牧の三連覇成るかに集まり、松代高校の敗退以後、テレビの前に座ることは少なくなってしまった。わが地元西東京代表、早稲田実業が決勝まで勝ち進める実力をそなえているチームとは信じていなかったわたしは、早実が相対した鶴崎工、大阪桐蔭、福井商、日大山形との試合を見過ごしていたせいもあって、初出場の鹿児島工を退けて決勝に駒を進めた段階になっても、駒大苫小牧に惨敗しはしまいかと危ぶんだ。

だが、それは杞憂というものだった。早実のエース斎藤佑樹は駒大苫小牧の豪腕田中将大と一歩も譲ることなく三時間三十七分を戦った。冷静沈着、額ににじむ汗を、ユニホームのポケットから小さくたたんだハンドタオルを出してそっと拭うしぐさが板についており、すでにそのしぐさには「ハンカチ王子」という愛称が与えられているのを知った。

苫小牧の田中投手が「豪」とすれば、早実の斎藤は「整」ともみえ、豪と整が四つに組んでついに決着がつかず再試合へともつれこんだ。遠い昔、同じような光景を目に焼きつけていることをわたしは思い起こしていた。青森・三沢の太田幸司投手と愛媛・松山商の井上明投手との延長十八回を投げぬいた姿。

甲乙つけ難い今年の決勝は甲子園に新しい歴史をきざみ、高校球史に忘れがたいページを記したことはまぎれもないが、両エースとも遠く郷里を離れた〝留学生〟であったことがわたしにはやはり気にかかる。

（06・8・24）

敬老の日に思う

一九八五年に日本では六十五歳以上の人口割合は10・3％に達した。十人に一人お年寄りがいてもそう不思議はないように思われたが、それは全国平均であって信州の場合はもっとずっと高く、伊那谷の奥にはすでに20％をこえ、25％に近づいている村もあると、県の会合で説明を受けたとき、はじめて高齢化のとば口にさしかかっているのを知らされた。

そのときから二十年たった今、「敬老の日」にちなんで発表された総務省の統計によると、総人口に占める高齢者の割合は20・7％、国際的にも最高水準の長寿国となったと、本紙は伝えている。

統計の年度にいくらかばらつきがあるものの、イタリア19・5％、ドイツ18・6％、フランス16・2％に比べて日本がダントツに高いなかで、信州の場合は23・6％と、全国平均よりもさらに高く、そこには長寿とは別に、過疎化というもう一つの翳りが加わっていることが読みとれる。下伊那郡天龍村の49・1％という数字は決して突出したものではなく、信州の山村がひとしく遭遇している普遍的危機を表現していると受けとめなければならないだろう。

信州にはかつて教育県という形容詞がついていたが、ここ十数年医療の充実した長寿県という形容詞が用いられるようになってきた。評論家樋口恵子さんのことばを借りれば、平均寿命百歳も夢でないという時代が近づいているという。

そのことばを裏づけるかのように、日本国内の百歳以上の高齢者は昨年を二千八百四十一人上回って二万八千三百九十五人に上り、過去最多を更新したと、厚労省が発表している。しかしこの調査結果について気になることがなくはない。これまで行われていた「長寿番付」の発表を望まぬ人びとが増加しているため、今年から番付の公表を中止したという。

長寿は古来、中国の為政者たちが自ら熱望してやまない理想の姿であった。その理想郷に果たして日本という長寿社会は近づいたといえるのであろうか。国は、果たして理想が実現に近づいているのか、いないのかを調査して国民に示す義務がありはしないだろうか。

（06・9・21）

吉村昭さんの遺作

文芸誌『新潮』十月号に、この夏亡くなった吉村昭さんの遺作「死顔」が載っている。四百字詰め原稿用紙三十五枚ほどの短編だが、病床で最期まで推敲を重ねたあとがあって、端正な作品に仕上がっている。

東京・日暮里とおぼしき駅に近いホテルの喫茶室で主人公の「私」は八十歳になる兄が現れるのを待ちながら、この一帯が空襲で焼き尽くされた頃の回想にふけっている。今座っているこのホテルは「私」の家のあった場所で、燃え盛る炎に干上がってしまった池がちょうどこの喫茶室の真下のあたりだ。空襲のあった前年子宮癌を患って亡くなった母、敗戦の年の暮れに死んだ父、そして肺を病んで明日の知れなかった「私」、十人きょうだいの姿が昨日のことのように回想のなかで立ち上ってくるのだが、二人の兄と「私」を除いて皆亡くなった。

そして今、八十になる兄と連れ立って私鉄に乗って「私」が訪ねようとしているのは、丘の上のホテルのような病院で臨終を迎えようとしているもう一人の兄。その眼には、事業家として八十七年を生きた鋭い光は消え、柔和な表情に還っている。その後、兄はベッドから落ちたのを機に死の領域に入り、嫂《あによめ》の計らいで延命装置をつけることもなく息を引きとったという知らせが来たとき、「私」は嫂の計らいを心から支持し、「私」は通夜に足を運ぼうとしない。そのあとに、幕末の蘭方医佐藤泰然が自ら死期の近いことを自覚して高価な医薬品の服用を拒み、食事を断って死を迎えたという逸話を添えている。

物語は主人公の死生観をタテ糸として淡々と描かれているかに見えるが、下積みの長かった吉村さんが習得した「私小説」の技法が随所にちりばめられて、読むものをぐいぐいと引っ張っていく。舌癌の再発と膵臓への癌転移などと闘いながら、最後の力業を駆使して端正な作品を遺したことに低頭する。

夫人の津村節子さんの記すところによれば、病院から自宅に戻って一週間たった夜、吉村さんはカテーテルポートの針を自らの手で引きぬき、かすかに「死ぬよ」と言って息を引きとったという。

（06・10・12）

グラミン銀行と消費者金融

十数年前、アジア各地から寄せられてきたテレビドキュメンタリーの中に、バングラデシュで地を這《は》うように広がっている「グラミン（村落）銀行」という少額無担保融資の実験を伝える作品と出会ったことがある。

この小さな金融機関の創始者ムハマド・ユヌスさんはチッタゴン大学卒業後フルブライト留学生として米国に渡った経済学者。祖国独立とともに帰国した彼は大飢饉に衝撃をうけ、経済理論の研究を擲《なげう》ち、農村に目を向ける。担保の土地どころか一ドルに事欠く貧しい人びとを対象に百ドルほどの少額融資を、地域社会の連帯責任を条件に始めた。農村をつなぐ共同体の信頼関係が回収率九割という好成績を収め、一方では女性への融資がその社会参加をもうながしたと、ドキュメンタリーは語っていた。

あれから十数年、「マイクロクレジット」とよばれるようになったこの少額無担保融資の仕組みは、バングラデシュの国境をこえ、アジア、アフリカにまで広がり、恩恵を受ける者が一億人をこえたとして、ユヌスさんとグラミン銀行にノーベル平和賞が授与されることになったと報じられている。

その翌日、「消費者金融に天下り／80年以降／旧大蔵・財務23人／大手5社」（『朝日新聞』十月十五日付朝刊）という見出しがわたしの目を射る。これは日本の話。

大手五社とは、武富士、プロミス、アコム、アイフル、三洋信販。天下った人びとは「旧大蔵省銀行局長や印刷局長など本省の幹部経験者のほか、業界を監督する全国の財務局の元幹部も含まれている」とある。周知のように、わが国の年間自殺者は交通事故死をはるかに超えて三万人をオーバーし、その何割かが消費者金融の高利に追いつめられての果てというではないか。

グラミン銀行にはわが国からも海外経済協力基金（現国際協力銀行）が円借款を実施したこともあって、本紙の伝えるところによると、来週四日間ユヌスさんが来日するという。来日の率直な感想を聞きたいと思うのは、わたしだけではないだろう。

（06・10・19）

教育界の喫緊事は何か

十月に入って大陸からはりだしてくる高気圧によって幾つかの台風は日本列島に近づくことができぬまま、爽やかな秋晴れがつづいている。

ところが、日本列島はいま、不可解な乱気流にすっぽりと包まれている。富山県に始まった高校の必修科目未履修問題はあれよあれよというまに全国に伝播し、熊本県を除いて四十六都道府県におよんでいることが判明したと、テレビは伝えていた。

新たな県が判明するたびに、県教委や有名校の校長が記者会見の席で深々と頭をさげるシーンがくり返しテレビに映しだされるなか、茨城県常陸太田市の県立高校長が遺書とともに遺体で発見されたと報じられた。異常な緊張のなかにいま高校が置かれていることがわかるが、わからないことも多すぎる。

少子化にともなって、進学希望者はすべて大学に進むことができる時代がまもなくやってくるといわれている。ならば、いままでのような受験地獄から高校生は解き放たれているはずではなかったのか。

選択必修科目というのが、またもう一つ分からないなかで、世界史、日本史、地理が等閑に付される絶好の対象になっていたというのも象徴的なできごとのように思えてならない。有名受験高校の出身者はやがて官僚になり、政治家になり、財界人となってゆくのであろうが、それらの人びとが等しく世界史、日本史、地理を学ばなかったとすれば、どうなるだろうか。

必修科目未履修問題は今年に始まったことではなく、週五日制に移行したときにその根があったとすれば、文科省が知らなかったはずはないのだが、小中学生のいじめ・自殺問題をふくめて、教育委員会バッシングの好餌《こうじ》になりはじめていることに注意をむけておかなければならないだろう。

十月三十日の教育基本法改正案の国会審議再開にあたって、本紙社説は長文でもって「やはり改正すべきでない」ことを説いた。これまで教育基本法をないがしろにしてきたために生じた教育の深い傷を見直すことこそが喫緊事ではないか。

（06・11・2）

よみがえる地域の教育力

小中学生のいじめ自殺、全国に及んだ高校の必修科目未履修問題、教育基本法改正案をめぐるタウンミーティングでのヤラセなど、安倍内閣や文科省が右往左往しているなか、『地域文化』(八十二文化財団)秋号の特集「地域社会考」の中の「地域の息吹き、学校とともに」と題する三つの報告「浪合《なみあい》小中学校」「麻績《おみ》小学校・おみ図書館」「箕輪中学校古田人形部」が爽やかな風をわたしの胸に届けてくれた。

下伊那郡浪合村は、今年一月隣の阿智村と合併して村名が消えた。もともと教育熱心な村で、「村のへそを作る」の合言葉のもと、小中学生が同じ校門をくぐって通う浪合小中学校(小中併設校)ができ、「オープンスクール」形式のユニークさで注目を集めたのは十数年前のこと。給食の時間には、保育園児から中学生までランチルームに全員が集合する。消えた村名は校門の表札に残った。

東筑摩郡麻績村は自立の道を選んだ。二年前、小学校の大改築にあたって、学校図書館と村立おみ図書館が校内に併設され、村民にとって急に構内に入りやすくなった。毎週水曜日の二限と三限の間の二十五分の休みなどがお年寄りによる「昔の遊び」伝承の時間となり、子どもたちは竹馬やお手玉などに夢中になり、遊びを伝える「昔の遊びマイスター」は二十人ほどになった。「〝昔の遊びのおじいちゃんだ〟なんて挨拶されるとたまらなく嬉しいね」とお年寄りの頬がゆるんでくる。

天竜川に沿う伊那谷には江戸前・中期以来、多くの人形芝居が盛んであってその幾つかが今も生きている中に、上伊那郡箕輪町上古田にも享保年間、風除け祈願のため氏神に奉納したという古田人形が伝承されている。箕輪中学校古田人形部は創部二十八年目の今年、十八名の部員が毎週一回古田人形芝居保存会の指導を受けており、家庭科室から三味線の音にのって浄瑠璃が洩れきこえてくるという。

「新しい取り組みをする学校の子どもの笑顔に、地域社会の将来を感じました」との取材記者の感想に、わたしも大きく肯いた。

（06・12・14）

椎葉村の猪

柳田國男は一九〇八（明治四十一）年頃、三カ月近い九州旅行の途次、宮崎県椎葉村に足を延ばし、『後狩詞記《のちのかりことばのき》』を残した。椎葉村で古くから行われていた猪猟のことが詳しく記されており、柳田を案内した村長中瀬淳の旧宅にいま「民俗学発祥の地」の碑が建てられているゆえんだ。

わたしが椎葉村を初めて訪ねたのは三十年ほど前のこと。国土地理院の地図には子守歌で知られる熊本県五木村と稗搗《ひえつ》き節で名高い椎葉村は標高約千四百八十メートルの「椎葉越」で結ばれている。この峠を越える手前で陽がおちてしまったので、糀木という淋しい集落の民宿に泊まることになった。庭先に犬小屋があって威勢のいい吠え声に迎えられたが、いずれも猟犬と見受けられ、わたしはひそかに期待した。

じっさい宿の亭主は、民宿は奥さんまかせのまま、猟一筋に生きてきたような人で、その夜、シシ鍋をつつきながら聞いた話は、『後狩詞記』の実践編とでもいうようなものだった。

——戦争が終わって復員してきた年の冬、九州山地は野生動物に満ちていた。長い戦争で男たちがみな戦地に引っぱっていかれたからだ。兎なんぞ掃いて捨てるほどいた。貂《てん》やムササビの毛皮は進駐軍のクリスマス商品になったもんさ。狩りの醍醐味は何といっても鹿なんだが、またたくまに数が減っちまった。兵隊にとられた若い衆は腕だけは磨いてきたからな。

鹿が減ったあとにはもっぱら猪だが、ウリ坊は一度に十頭近くも生まれるから減ることはないやね。いま飼っている犬はみな猪向けに育ててるんだが、手負いの猪の針のように剛《かた》い首毛で一度でも突っかけられた日にゃ、恐怖で使いものにならなくなっちまう。猪猟は少なくとも犬十頭に猟師五、六人の総がかりだから、段取りが大変でな。それに、猪は耳がおそろしく敏感だから咳ひとつするにも地面に顔伏せてしなきゃいけない。その緊張感が何ともいえないんだね——。

今年は亥年。三十年前の猪談義を思い起こした。

（07・1・4）

二十四節気

近代史年表をみると、明治政府は明治五年十一月九日太陰暦を廃して太陽暦を採用する詔書を発し、明治五年十二月三日をもって明治六年一月一日に改めた。つまり明治五年十二月三日から三十一日までが歴史から抹消されてしまうという荒業を示した。

暦を改めることは革命的なことであり、太陽暦は旧暦より合理的であったから、文明開化のシンボルともなった。とはいうものの歳末を欠いた明治六年の元旦は季節感に乏しい索漠とした正月だったのではないだろうか。

明治政府は紀元節や天長節、時代が下るにつれて陸軍記念日や海軍記念日などという祝日をつくるのに熱心で、古代中国から入ってきた農事暦ともいうべき二十四節気というすぐれた自然の暦を注意深く保存する文化力を持ちあわせなかった。

二十四節気は太陽の運行をもとに一年を十五日ずつに区切って四季それぞれに季節感あふれる名前が付いている。たとえば今年の暦を見ると、春は、二月四日立春、二月十九日雨水、三月六日啓蟄《けいちつ》、三月二十一日春分、四月五日清明、四月二十日穀雨というふうに、幾分の誤差はあるもののアジアモンスーン型の日本列島にはぴったりとした季節感が漂う。

夏をとばして秋をみれば、八月八日立秋、八月二十三日処暑、九月八日白露、九月二十三日秋分、十月九日寒露、十月二十四日霜降となり、二十四節気の一つ一つが農作業の目安となりうるばかりでなく、日本列島に生活するものにとって欠かすことのできない季節感覚にそれは重なってくる。

江戸時代の町人や農民のなかに急速に普及していった俳句の基本的な約束ごとは「季語」にあった。十七文字の歌のなかに四季をとりこむことは、二十四節気に磨かれた当時の庶民の感性にとって何ら苦もないことだったといってよい。もうすぐ立春。

雪とけて村一ぱいの子ども哉　一茶

（07・1・25）

老師節

定年を数年残して出版社をさっさと辞めたM氏が、日本語教師として単身中国の大学に出かけていったのは、もう四年前になるか。春節を前にして長い冬休みとなって帰ってきたと、久しぶりに現れた。

積もる話が一段落したところで、「中国には老師節という日があるのを、ご存じですか」と彼が言う。文革中の教育の荒廃を反省し、教師の地位向上をめざして「人類の偉大な教師・孔子」の誕生日九月十日が老師節ときまったというから、決して古いものではない。老師節とは教師の日のこと。その日授業が終わると、学生が一斉に拍手し、「先生、今日は老師節です。いつもご指導ありがとうございます」と、贈り物を出されてびっくりしたという。大学院生からは夜ちょっとしたレストランに招かれもし、一人暮らしをする身としては「何か自分のなかで固まっていたものが解けていくような気持ちになりました」とほほえんだ。

Mさんは剣道六段の達人である。赴任にあたってためらいつつも防具一式をたずさえたが、いつしか彼の大学に剣道部ができて、課外教科が一つ増えた。最も熱心なのが韓国からの留学生で、五月のある日彼らから食事に誘われた。稽古のあと学食でビールを酌み交わすのは珍しくないのだが、その日タクシーで運ばれたのは高級な韓国料理のレストランだった。

「先生、実は今日五月十五日は韓国の老師節なんです。われわれでご馳走します」といわれて乾杯し、ぐらぐら煮え立つ海鮮鍋で至福のときを過ごした。

帰りがけ、大きなポリ袋をドサッと持たされた。宿舎に戻って開けてみると、Mさんの大好物、極上のキムチが冷蔵庫に入りきらぬほど出てきたというのだった。

Mさんから、中韓両国に「老師節」があると聞いた翌日、教育再生会議が安倍首相に提出したという第一次報告が新聞に載ったが、そこには「教員免許の国家試験化」「児童・生徒の出席停止制度の活用」などなど、教育現場に翳《かげ》りを投げるようなことばの羅列があった。

（07・2・1）

映倫五十年の歩み

「映倫」の名は映画ファンのみならず広く知られているようにみえるが、その実像はそう知られているとはいえない。

今から五十年前、日本映画は黒澤明、小津安二郎ら名監督たちを綺羅星のごとく擁して黄金時代にあったが、「太陽の季節」が映画化されると同時にいわゆる「太陽族映画」が続出し、こんな作品を一般の映画館で上映してよいのかという世論の風当たりが強まり、映画各社は業界から独立した第三者機関に審査を委ねざるをえなくなった。現在の映倫はそのようにして生まれたが、その半世紀の歩みは決して平坦なものではなかった。

テレビに娯楽の王座を奪われた映画は六〇年代に斜陽化した揚げ句、いわゆる成人映画の量産に走って取り締まり当局の介入を招く。武智鉄二という異能の監督が谷崎作品によって性のタブーに挑み、『黒い雪』という映画で全裸の女優を画面で疾走させるやフィルムは押収され、映倫の審査員二名も送検の憂き目を見た。経営破綻をしのぐため日活は一連のいわゆる日活ロマンポルノを製作したが、この時も映倫は三名の審査員が起訴され、ほぼ九年に及ぶ裁判闘争を余儀なくされた。

幸い両事件とも高裁まで進んで無罪が確定し、裁判官は映倫について「関係業界からは独立し、かつ国民各層、各方面の良識を反映し、その実績に対して一定の社会的評価と信頼が存する」と認定した。

時代の変化とともに映倫の審査もそれに対応して、現在では映画の内容に即して誰でも観賞できる「一般」、十二歳未満は親、保護者の同伴が望ましいとされる「ＰＧ12」、十五歳未満は入場できない「Ｒ15」、十八歳未満は入場できない「Ｒ18」という分類区分によって映画は選別されるようになっている。

幸いなことに、日本映画は最近活力をとり戻しつつある気配だ。二〇〇六年の日本映画は二十一年ぶりに興行収入が外国映画を上回ったと伝えられている中で、十三日、映倫五十周年の記念の会が開かれた。

（07・2・15）

偏奇館焼亡

『断腸亭日乗』は永井荷風が四十二年にわたって書きついだ日記の総称。一九四四年十二月三日、六十六歳の誕生日、「この夏より漁色の楽しみ尽きたれば徒に長命を歎ずるのみ。唯この二、三年来かきつづりし小説の草稾《そうこう》と大正六年以来の日誌二十余巻だけは世に残したしと手革包に入れて枕頭に置くも思へば笑ふべき事なるべし」と記しているのは、来るべき東京大空襲を予感してのことに違いない。

日々、大本営発表を満載する新聞・ラジオを拒む荷風の情報源は、僅かな訪客のもたらす談話と、銭湯や隣人から耳にする噂話だけだが、アンテナは研ぎ澄まさせており、その年の夏ごろから頻々と発令される警戒警報、空襲警報の記載を追っていくだけで太平洋の戦局の変化が読みとれる。

一九四四年七月七日サイパン玉砕、八月三日テニアン玉砕、八月十日グアム玉砕。厳しい灯火管制が荷風の通いなれた玉の井や浅草の紅灯を次々に消しさっていく間に、玉砕の島々に米軍の飛行場建設が進む。十一月一日B29が初めて東京上空に偵察に飛来し、十一月二十四日約七十機のB29による空爆が始まっている。発表の当てなしに書きためた短編の幾つかと二十数冊になる日記類を収めた手提げ鞄を枕元に置いて、荷風は空襲にそなえることになる。
年が明けて艦載機の襲来にひきかえ、Ｂ29が間遠になるのは航続距離の長いＢ29不時着の中継基地の必要に迫られたのであろうか。二月十九日硫黄島に上陸した米軍は、玉砕を待つことなく直ちに飛行場建設に突き進む。

三月九日深夜に始まる東京大空襲のページを開くと、「夜半空襲あり…余は枕元の窓火光を受けてあかるくなり鄰人の叫ぶ声のただならぬに驚き日誌及草稿を入れたる手革包を提げて庭に出でたり」と始まり、「翌暁四時わが偏奇館（荷風の住まい）焼亡」するのを見届けたのち代々木の従弟宅に辿りつくまでの十時間余を、緊張感に満ちた文体で細叙している。『断腸亭日乗』は平安朝の日記文学の伝統をつぐ畢生《ひっせい》の大作といえよう。

（07・3・8）

起これテレビリテラシー

テレビリテラシー（テレビが発信する情報を批判的に読み解く能力）ということばはカナダで生まれた。洪水のように国境をこえて届くアメリカ産テレビ電波からカナダの文化を守る苦肉の策だったのにちがいない。テレビが家庭の隅々にまで浸透していながら、わが国ではこのことばはなかなか根づこうとはしない。

関西テレビ「発掘！　あるある大事典」という人気番組がすでに五百回以上も続いていることを知らなかった。一月七日放送の同番組「食べてヤセる!!!　食材Xの新事実」が放映されるや、たちまちスーパーからXすなわち納豆が一斉に姿を消してしまったことをある新年会で同席した商社の人から聞かされたとき、テレビリテラシーということばを思い起こしただけで気にもとめなかった。

だが、「食材X」の新事実が根も葉もない捏造であることが発覚するに及んで、事態は深刻になった。テレビの抱える幾つもの病根が露呈される。視聴率競争にからめとられた制作現場は親会社の下請け、さらにその下の孫請けに委ねられている。一定の視聴率さえとれば、大抵のことは大目にみられ、表現者としての緊張感は消えてなくなり、逆に親会社のチェック機能は甘くなっていく。

調査委員会が過去に遡って調べると、同番組の第七十八回「エッ?!　3分でいいの!?　有酸素運動の心理論」、第九十五回「衝撃！　味噌汁でヤセる?!」、第百三十回「あなたのダイエットフルーツはどっち?!　みかんorリンゴ」などにも問題があったことがわかった。チェック機能もなきに等しいことも判明し、民放連は関西テレビを除名するに至った。

ＮＨＫと民放連、放送倫理・番組向上機構が急遽「放送倫理の確立と再発防止に関する委員会」（仮称）を設置し対処することになったが、虎視眈々と狙っていた政府は本国会に放送法の改正案を提出することになった。日本のテレビは未曾有の崖っぷちに立たされている。視聴者側にテレビリテラシーの確立が求められているはずなのだが、それが大きな声になっていないのが口惜しい。

（07・4・12）

禰々《ねね》御料人の化粧料

五月の連休に、地図をたよりに小淵沢から富士見高原の辺りの古い集落を車で走りぬけた。落葉松の芽吹きを背景に山桜が咲きこぼれ、思わず車を止めて八ケ岳をふり仰ぐ。赤岳と権現岳と編笠山の山頂を結ぶ稜線が甲信国境であることは瞭然としているが、山梨側の観音平から富士見高原の辺りになると、県境は判然としなくなる。

赤岳、阿弥陀岳の西側山腹にわく渓流の一部は宮川となって諏訪湖に流入するが、べつの二筋の渓流は合して立場川という深い峡谷を高原に刻み、富士見町を南へ貫き、南アルプスの雪解け水を集めた釜無川と合流する。その合流点で釜無川は直角に向きを変えて甲府盆地を貫流し、やがて富士川と名を改めて駿河湾に注ぐ。赤岳西麓に降る雪が、諏訪湖に流入し、やがて天竜川になることはうなずけるが、同じ赤岳の西麓の雪が富士川に注いでいるというのはわたしの初めての知見であった。すなわち赤岳は千曲川、天竜川、富士川の分水嶺だったのである。富士見高原に深い峡谷を形作る立場川こそ、赤岳山頂と結ぶ甲信国境と見るのが自然ではないのか。

仕事場に戻り、『茅野市史』戦国期のページを開いて往時、富士見が武田・諏訪領の〝アルザス・ロレーヌ〟＝独仏国境＝に似た場所だったことに思いあたった。互いに侵しあいながら、一五三五（天文四）年武田信虎と諏訪頼満の間に「堺川の和議」が結ばれ、五年後信虎は亡き頼満の孫諏訪頼重に娘禰々《ねね》御料人を嫁がせる。輿《こし》入れに際して、禰々の「化粧料」として葛窪、先達、田端、高森、上下蔦木、神代、平岡、机、瀬沢、乙事など旧境村・落合村、旧富士見村の一部にあたる十八カ村を持参させ、この政略結婚は両氏の同盟を不動のものとしたかに見えた。信虎の駿河今川への追放はそれから半年後のこと、その一年後には晴信（信玄）の諏訪への総攻撃が始まっている。

父信虎の恣意的な領土割譲に対する家臣団の憤まんが、信玄のクーデター成功を生んだのかもしれない。化粧料にあてられた十八カ村の村名の多くは今も富士見町に残る古村の小字として戦国の空気をかすかに伝えている。

（07・5・17）

縄文先生ありがとう

茅野市の「尖石《とがりいし》縄文考古館」で比較的シンプルな土器をモデルにして縄文土器を作ってみようという講習会に参加したのはもうだいぶ前のことだ。数千年前、縄文人の手で作られた土器の力強さを前にしてわたしは一日で降参してしまった部類だが、当日集まった数十人の中には妖しいまでの美しさに魅せられてめきめき技を身につけていった人たちがいる。

わたしの茅野の仕事場での隣人、芦田さんもその一人。休日に土器を作り、次の休日には野焼きをするというくり返しで、いつしか土器の製作と焼成を自家薬籠中のものとしてしまった気配だ。土偶「縄文のビーナス」が国宝に指定されて以来、土・日には観光バスが考古館前に列をなすほどで、彼は展示解説の助っ人となり、「縄文学習応援隊」と称してボランティア活動をしている。彼が都会生活に見切りをつけて八ケ岳山麓に移り住むようになったのは、縄文の魂に招き寄せられてきたからではないかと思うほどだ。

芦田さんがある日、「縄文先生ありがとう」と墨書された「東村山市立萩山小学校六年生一同」八十九人の手作りの文集を見せてくれた。昨秋、六年生は総合学習に縄文土器を作ったのだが、焼き方は参考書に載っていない。校長先生が八方手を尽くして、縄文学習応援隊の芦田さんを探

2007

しあて、十二月の「萩山フェスタ」まで二週間しかない十一月の終わり、彼は午前四時に起き、車をとばして七時には萩山小学校に着いた。

八十九人の作った土器を傷つけることなく焼きあげるのには家一軒分の古材を使って丸一日が必要だった。六年生の子供たちは縄文先生・芦田さんとともに生涯に一度ともいうべき緊張と感動をもって、縄文時代を全員で体感的に学習した。手作りの文集「縄文先生ありがとう」に、あるものは達筆で、あるものは稚い字で、述べあっている。

文集を見た翌日、新聞に報じられた政府の教育再生会議の第二次報告なる支離滅裂な文章を読みながら、野依良治座長に萩山小学校六年生一同の芦田さんに寄せた文集と校長先生の謝辞を読みきかせたいと思った。

（07・6・7）

黴雨と梅雨

六月の初め、走り梅雨《づゆ》のような日がつづくなか、旅の予定があって、しっかり戸締まりをして数日家をあけた。食卓に夏ミカンが果物皿に盛ったままだったのを気にもとめなかったのだが、帰宅してドアをあけると、果物の熟しきった甘酸っぱいにおいが鼻をついた。

電灯をつけると、皿の一番上にのっていた夏ミカンが一個だけ抹茶つぼにでも転げ落ちたように鮮やかな緑に染まっているのを、一瞬、黴《かび》とは思いつかなかった。マリモに似た球体を何げなくつかむとフニャッとへこんで、緑色の粉末が卓上に舞った。これはいかんと、慌てて紙にくるんで庭のコンポスターに放りこんでしまったあとで、わたしは気がとがめた。

思うに、あれは閉めきった食堂の湿気を一身に吸い黴の塊となり、文字通り身を粉にして仲間の腐蝕を防いでくれたのにちがいない。もっと沈着かつ温和な態度で、あの異能の夏ミカンを、顕微鏡の持ちあわせはないにせよ、せめて拡大鏡なりで子細に観察し、身を粉にするまで奮闘したその中身までも確かめて最後をみとってあげるべきではなかったろうか。

今わたしたちの台所にはラップや大きな電気冷蔵庫が備わっていて、食べものが黴びるという感覚は以前に比べれば遠くなっているが、古人は「ツユ」を黴雨と梅雨の二様に使いわける食感覚を持っていた。黴雨どきにはもち米をササの葉に包んで蒸すと賞味期限は長くもち、すしにワサビを効かせるのも忘れてはならなかった。

梅は庶民の日常に貴重な食材だった。ツユが始まるころになると、一日一日見るまに梅の実はふっくらと膨らんで、ツユに打たれるだけで引力の法則に従って地上に落ちる。シソの葉はそれを待ちかねるようにして色づいてくる。梅漬けはまさに梅雨の産物であった。

落ち梅のなかに幾分熟れて赤くなりかけたのを口に持っていって母にきつくしかられたことがある。青酸が含まれているのだと母は言った。彼女の説に従えば、蕪村の「青梅に眉あつめたる美人哉」の句は、あまりにも作られ過ぎているような気がする。

（07・6・28）

坂部《さかんべ》の掛け踊り

なかなか梅雨の明けない七月から猛暑に移る八月初めにかけて、二つの台風が九州に上陸した。その都度テレビが、避難命令の出された集落の名称を伝えるなかで、二十戸三十二人とか三十五戸五十人といった避難の規模を示す数字が目立った。危険にさらされた集落は小さく、一戸平均一・五人の家族、なかには独り住まいの老人が少なくないことを数字は示していた。

今年二月、将来日本列島から二千六百ほどの集落が消えるという国土交通省のアンケート結果が発表されたが、さてどうするかという施策は示されなかった。市町村合併が歯止めにでもなるかのように旗を振った元総務省の方が先に参院選で姿を消してしまったではないか。

信州の南端に位置する天龍村の坂部《さかんべ》に出かけた。四、五年前、ここの祇園祭に伺ったとき、峠の向こうは静岡県の水窪町だと説明されたが、今では県境は浜松市だといわれて驚いた。

坂部はもと左閑辺《さかんべ》と書き、木曾義仲が名付けてくれたという伝承もあり、熊谷直実の子孫が来て焼き畑を開いたとも伝えられる古村だ。じっさい坂部には開祖熊谷貞直以来、書きつがれた熊谷家伝記という貴重な古文書が残されており、旧盆に熊谷山長楽寺（堂の庭）と金比羅様の庭を行き来して行われる掛け踊りは一七八九（寛政元）年夏、七日七夜降り続けた細引き雨で地割れが生じ、雨止めの願掛け踊りとして始まった。

往時戸数五十、人口二百だった坂部はいま戸数二十、人口三十八と過疎と高齢化に直面しているが、この日を目ざして東京・名古屋などから子や孫たちが帰ってきて、人口は三倍増に膨張した。昭和ヒトケタの元区長、現区長が奮い立ち、Uターン組の団塊があとにつき、里帰り組に交じってIターンの若者も加わって四時間息もつかずに踊りつづけた坂部の掛け踊りにわたしは心から感服した。

二百十八年前、七日七夜の雨止めを願って始まった坂部の掛け踊りは、いま集落の存続を願う祭りに変貌しているのが見えて、心に染みたのだ。

（07・8・23）

昔、萱《かや》無尽があった

昨年の今ごろ、信州の村や町にクマが頻々と姿を現して大恐慌をきたしたのはまだ記憶に新しいところだが、今年信州の山里にはイノシシ、シカ、サルがわがもの顔に姿をみせている気配だ。

じっさい、この夏、わたしは二度ほどシカとあわや衝突しそうな場面にでくわした。雨模様の夕刻、それも人家に近い山畑の中のアスファルトの路上であった。思わず車を止めて先方をうかがうと、数頭のシカが萱原に素早く姿を消していくのがみえた。萱原に隣接する野菜畑や水田には、ネットやワイヤメッシュ（金網）が張りめぐらされており、農家の苦心が思いやられた。

古老によると、その辺りの集落には昔〝萱無尽〟というしきたりがあって、里山の無尽萱を毎年共同で刈りとり、順番に集落の家々の屋根の葺き替えに用いた。互いに労力だけ提供すれば屋根の葺き替えに金はかからず、里山の手入れにもなり、それは一九六〇年代の初めまで行われていたという。

オランダの湿地帯の水路に生える萱が近代建築の屋根に巧みに用いられ、新しい景観をつくりだしているのを見たことがあるが、わが国の美しい景観は六〇年代の入り口で、民間の知恵でつくられてきた〝萱無尽〟とともに消し去られていった。〝萱無尽〟は人と野生動物の間に暗黙の緩衝地帯になっていたのだが、その障壁をつき崩してしまったために、今、農山村は年間二百億円近い野生動物による農作物被害に悩んでいる。

補助金農政は見栄えのする圃場《ほじょう》整備と立派な農道を生みはしたけれども、心なき休耕田や耕作放棄地に加え、多くの里山をブッシュ（やぶ）に置きかえてしまった。

わずか数カ月の間に、任命権者が一人の農水大臣を無残な自死に追いやり、もう一人の農水大臣に立ち直り難いバンソーコーを張りつけ、さらにもう一人の頭をそりあげた農水大臣をわずか一週間で〝更迭〟に追いやったところに、この国の農政の「NO政」たる姿が映し出されているようで情けない。

（07・9・6）

耳順

耳の中に冬鳴く蝉が棲みつくようになったのは還暦のころのことで、一、二度耳鼻科でみてもらったのだが、はかばかしい診断が得られぬまま放っておいた。

わが家の電話の具合が悪いと思うようになったのは数年前のこと。相手の声が最果ての島からかけてきているみたいで、慌てて受話器を左手から右手に持ちかえると、相手の声が遠い島からすぐ隣の町に移動したかのようによく聞こえる。家人は、そういうことはないという。

わたしはしばらくわが家の電話の具合が悪いと言い張っていたのだが、ある日孫が遊びにやってきて、テレビの音が高すぎると騒ぎだし、わたしは初めて、具合の悪いのが、わが左耳だということを悟らされたのであった。

幸い、ほど近いところに補聴器で有名な工場があってかけこんだので、左耳の具合はかなり改善されたのだが、次第に右の聴力が衰えていることを会議に出るごとに痛感するようになり、また補聴器工場にかけこんだ。技術は日進月歩であるらしく、右耳にはより小型でスマートな新製品がはめこまれることになった。気のせいか、肩の凝りまで消えていった。

とはいうものの、機械はあくまで難聴を補う域を出るものではない。わたしは医学事典に載っている人間の耳の解剖図を眺めながら、耳介《じかい》の奥にかくされている精巧な創造物にあらためて驚嘆する。

鼓膜は人間の聴取しうる全音階の音（一秒間に約二十振動から一万五千〜二万振動くらい）、種々の強さの音、種々の音色の音を忠実にとらえることができるという。そして三半規管、蝸牛《かぎゅう》管などを通じて脳へと伝えられるその機序は字面からしかわからないが、耳は脳に直結する社会に開かれた窓だったとつくづく思う。

論語為政篇「六十而耳順（六十にして耳順《したが》う）」は、「修養ますます進み、聞く所、理にかなえば何らの障害なく理解しうる」と『広辞苑』にある。わたしはとうに耳順をこえたのだが、願わくばそうありたい。

（07・9・13）

軽井沢町長殿

週刊、月刊、季刊を問わず、雑誌に一度原稿を書いただけで、その後も毎号送ってくださることが多く、これまでわたしは律義に目を通していたものだが、最近やや気力が失せてきた。せっかく送られてきたものを封も開けずに資源ゴミにしてしまうのはわが意に背くゆえ、玄関に積んでおいて、来客に持っていってもらうことにしている。

とはいうものの、郵便受けに投げこまれるのをひそかに待っていて、さっそく封を開けて特定のページを繰ってみる雑誌がいくつかあるが、『婦人之友』というのもその一冊。

羽仁もと子女史創刊のこの雑誌は百年を超えてなお婦人向けのハイブローな編集を目指し、わたしにはやや縁遠いが、毎号のお目あては「つむじ先生の処方箋」という、なだいなださんの十数年来続いている連載エッセーにある。「つむじ先生」のつむじとは「つむじ風」あるいは「つむじ曲がり」のどちらともとれ、そのときどきの社会事象をユーモラスに鋭く斬りこんでいく舌鋒がなんとも読むものの心にさわやかな風を送りこんでくれるのである。

今月わが家の郵便受けに届いた「つむじ先生の処方箋」には「軽井沢町長殿」という表題がつけられており、論点は二つ。

つむじ先生は鎌倉から車で軽井沢に向かうが、折よく東京までに一時間弱、そこから軽井沢インター出口まで二時間足らずでスイスイ走ったにもかかわらずインターから別荘まで二十分足らずのところを一時間半を費やしてなお渋滞をぬけ出られなかった。帰省ラッシュのあとだというのに。どうやら渋滞の主因は駅南口の商業センターにあり、軽井沢の夏の生活を一変させたとつむじ先生はみた。

軽井沢のパニックはこの渋滞だけではなく、近くのゴミ集積所がなくなるなど、ゴミ捨てをめぐっての大混乱もあった。「ここがフランスだったら、みんなでごみを持って市長室の前にぶちまけてくるわ」「フランスだったら、町役場の前に、みんなが車を置き去りにして帰るわよ」と奥さんが叫んだ、とつむじ先生は伝えている。

（07・9・20）

中秋の月

望月とは、「陰暦十五夜の満月」を指すところから、「満ち足りたさま、賞美すべきさま」を形容することばともなった。中国には小麦粉をこね中に餡をつめて丸く焼いた月餅《げっぺい》という菓子を中秋に食べる習慣があって、わたしは以前、南京と成都で月餅を食べながら中秋の月を仰ぎ見たのを思い出す。

南京では湖の舟の上で月餅を味わい、なぜか安倍仲麻呂の「…三笠の山に出でし月かも」を口ずさみながら、あらためて同じ月がほぼ同じ時刻に日本列島を照らしているのだと思ったりした。成都には今は亡い水上勉、中野孝次のお二人と一緒に賓館の望楼に上って杜甫が見たのと同じ月を眺めた。

北京から同道してくれた作家協会の鄧友梅さんが月餅とジャスミン茶を設《しつら》えてくれ、老酒などを飲む人もいた。「日本には月見団子というのがあるが、あれは一年中どの菓子屋にも並んでいるなあ」というものもあれば、「俳諧の世界では春は花、秋は月が最も大切な季の詞《ことば》だったんだが、月見は廃れたなあ」と嘆くものもいた。「なぜだろう」と一瞬考えこんでしまったとき、片言の日本語を話す鄧友梅さんが「お月さんの唄がありますねえ。歌いましょう」と言った。〈デタデタツキガ、マルイマルイ、マンマルイ、ボンノヨウナツキガ〉。曲のテンポが速すぎて、一瞬みなあっけにとられたが、次の瞬間日本人なら誰でも知っているあの童謡を、彼はどこで覚えたのかと、拍手のあとで尋ねずにはいられなかった。戦時中天津から連行された鄧少年は山口県徳山の軍需工場で挺身《ていしん》隊のお姉さんたちから習ったのだと問わず語りに聞かせてくれたのだった。

中秋の夜、前首相の職務放棄の弁明や、新首相の緊張した面持ちでの背水の陣の決意表明などをテレビで見た後、わたしは戸外に出た。月は天心にかかって耿々《こうこう》と貧しき巷を照らしている。

この夜のために薄の穂が天に向かって突き出ていた。
〈蘆の穂の遮る月の明るさよ　杞陽〉――こんな句が歳時記に載っている。

（07・9・27）

晩秋のムクドリたち

わたしの住む街の古い神社の参道の両側にはケヤキの古木の並木があって、ケヤキが「市の木」に指定されている。わたしがこの街に越してきたころには、周囲に農家が点在していて、農家にはたいてい屋敷林として亭々たるケヤキが植えられていた。天をつくように伸びているケヤキは武蔵野に似合っていた。防風林の役割もあったのであろうが、多量な落ち葉は腐葉土の材料として欠かせなかったのにちがいない。

十月の終わりになると、その屋敷林に何千羽ともしれないムクドリの大群が夕日を浴びながら塒《ねぐら》を求めて飛来するのは、ダイナミックな光景であったが、いつしかムクドリの大群が見えなくなって久しい。農家の代替わりにつれて屋敷林が姿を消していったからにちがいないが、あのムクドリたちの子孫はどこに行ってしまったのか気になっている。

昨秋、ちょうど今ごろ、わたしは二カ月近く信州で入院していた。病室の四角い窓をスライドに見立てて、夏の終わりから晩秋まで信州の景色が微妙に移り変わっていくのを眺め暮らした。霜が降りてまもなく山桜とカエデの葉がみるみる赤く染まり、つるべ落としに日が短くなってきたなと思った夕方、一群の小鳥たちが窓外に現れ、病院の前庭を航空ショーのように乱舞して、幹線道路をへだてた農家の屋敷林目がけて見事に舞い降りていく。

わたしには野鳥の会の人たちのような視力はないが、その数一千羽ほどか。さらに一団、また一団…。目の子でゆうに一万を超える小鳥の大軍団がそれぞれの木々に塒を求め終えたころ、乗鞍岳の向こうに日が落ちていった。

窓外に目をやる暇のないわが看護師さんはスズメかしらとつぶやいたが、わたしは数十年前の既視感から確信をもって、あれはムクドリにちがいないと力説した。信州の山野でヨトウムシやイナゴをたっぷり食べた後、雪のない南の地へと移っていくのかもとイメージが膨らんだ。

江戸でムクドリとさげすまれた一茶も〈椋鳥《むくどり》と人に呼《よば》るる寒哉《さむさかな》〉と詠んで西への旅に出た。

（07・11・1）

灯火親しむ季節に

〝灯火親しむべし〟と秋の夜長が読書に最もよい季節だと説いたのは、唐の詩人韓愈だそうだが、わたしの少年時代この国は空襲におびえ、〝灯火管制〟の名のもと秋の夜長おちおち電灯をつけることもはばかられたし、読むべき本も乏しかった。

長い戦争が終わって読むに足る本が出始めたけれど、信州の書店の店頭にまでインクの香りのただよう新刊本はなかなか届かなかった一九四七年、諏訪郡中洲村（現諏訪市）の青年会の若者がリュックを背負って東京神田の岩波書店を訪ねた。創業者茂雄さんの生まれ在所ゆえ、本を分けてほしいと申し入れたエピソードは今も語り草になっている。

若者たちの真剣かつねばり強い願いがかなって、以後六十年、約二万九千冊の本が無償で送られつづけ、諏訪市立信州風樹文庫として結実している。

同文庫の創立六十周年を記念して寄せられた地元諏訪の小学校五、六年生を中心とした読書感想文「私のすすめる岩波の一冊」五百九十九点を読む機会があった。わたしの常識ではサン＝テグジュペリの『星の王子さま』やミヒャエル・エンデの『モモ』などに集中しはしまいかと予測されたが、みごとにはずれた。

前記二作品は数名が重複したにすぎず、大半は作品名も作者名もわたしにとっては未知の広がりをもっていることにじつはたじたじとなるほど、バラエティーに富んでいて驚かされた。

わたしの少年時代の文化的貧しさとは対照的にかつて大正デモクラシーのなかで日本の児童文学は開花したと承知していたが、いま子供たちは大正時代などとは比べようのないほど多様で豊富な読みものに恵まれ、それを受容している。そのことが小学生の感想文に示されていると思わずにはいられなかった。

夏休み汗をかきながら読んで書いたに違いない感想文に優劣をつけるよりも、全員の感想文を一冊の冊子に収録する方が意味深いことだという主催者たちの判断に、わたしはもろ手をあげて賛成した。灯火親しむ季節にふさわしいブックレビューができあがった。

（07・11・15）

タウン誌の追悼特集

太平洋戦争が始まるころまでアメリカにおける日本研究はきわめて不十分なものだったにちがいない。日本語を実践的に駆使するような若者は、移民二世を除けば、まれだったであろう。戦時下、日本占領が日程に上るころ、米軍が即席の日本語通訳の特訓を始めた中に、ドナルド・キーン、E・G・サイデンステッカー両氏ら二十歳そこそこの若者がいて、戦塵の中から日本の文学を発見し、ともに源氏物語から三島由紀夫、安部公房まで愛好するに至ったのはいかにもアメリカ的だったというほかない。とはいえ、サイデンステッカー氏の鏤骨《るこつ》のごとき英訳がなかったら、川端康成のノーベル文学賞受賞はなかったかもしれないとさえ言われている。

わたしが長いこと東京上野のタウン誌『うえの』を毎月楽しく読みつづけてきたのは、巻頭のサイデンステッカー氏の随筆が載っていたことにもよる。太っちょで無類の汗かきにかかわらず、彼は東京の夏をこよなく愛した。鷗外・漱石の住んだ本郷かいわいに居を定め、不忍池から荷風の通った浅草にまで足を延ばし、青い目に映る下町の小景を材料に、さまざまなエッセーを書いて、わたしの目を楽しませてくれた。

この夏、彼は故郷デンバーを遠く離れた東京の寓居で亡くなった。タウン誌『うえの』十一月号が「追悼特集・サイデンステッカー先生下町散歩」を組んで彼をしのんでいるなかに、故人が好んで立ち寄った市井の店の店主たちの文章が並んでいる。東京に住みついて生を全うした異国の文人の横顔がくっきりと映しだされていて、引き込まれるように読んだ。

鈴木演芸場席亭、画廊「羽黒洞」女主人、「奥様公認酒場」を自称する居酒屋店主、マンション隣組代表などにまじって、故人が行きつけの理容店ベーラ店主も書いている。客の上着をとり違えたまま、いつも立ち寄る中華料理店に座っていた先生の後ろ姿はほほえましい。先生の死につながった不忍池のほとりでの転倒が、最後の散髪を終えたその日のことだったと悼んでいるのが心に染みた。

（07・11・22）

日本の森は大丈夫か

十六世紀後半イベリア半島を旅した男の日記に、ある村の深い森があっというまに切り倒されて消えていく光景が記されている。黄金の時代を迎えたスペイン帝国が七つの海を支配するため大型帆船をつぎつぎ建造するごとに、何百ともしれない森が消えていったのであろう。

森の切り倒された跡地には、地中海をこえてアフリカから熱い南風が吹きこみ、イベリア半島の土は乾いてオリーブしか育たぬ赤土の風景に変わっていったのではないだろうか。

スペインが黄金の時代を迎えたころ、日本列島は戦乱に明け暮れていたが、関ケ原以後鎖国体制に入ったわが国は一大軍縮によって大型船の建造は二百余年禁制となったため、かけがえのない森林が残った。ために、木曾のヒノキ林、秋田のスギ林、青森のヒバ林のような美林が近代にまでよく持ちこたえてきた。

戦国時代にはススキの原野であった武蔵野に住みついた元農兵たちは、平和がもどった江戸時代、薪炭や堆肥や馬の飼料を得るためにせっせとドングリをまいて雑木林を育てあげたに違いない。武蔵野の雑木林は帰農した渋谷氏や青砥氏や小杉氏や川越氏ら元農兵たち一族の生活の一部として生み出されたものと想像する。わたしが五十年近く前に越してきたとき、市役所の土地台

2007

帳には「本宿武蔵野まぐさ場」と記されていた。

まぐさ場の周辺にはみごとなクヌギ林が果てもなく続いていたが、東京オリンピックを前にして、かつてイベリア半島の旅人が見たのと同じ光景が現出し、前の日曜日に散歩した美しい雑木林が次の日曜日には消えていた。林が息を引き取る前兆はあった。古自転車や綿のはみだした古ふとんなどが捨てられていたのだ。

この夏、信州の平地林を歩いたとき、あちこちに古テレビやこわれた冷蔵庫が放られていたのを何カ所かで目にして暗然とした。あと何年かで今のテレビが使いものにならなくなる時がくるという。日本中には一億台をこえる使いものにならぬテレビが生まれる。日本の森は大丈夫か。

（07・11・29）

駅伝

小田原育ちの知人の年頭行事は、「東京箱根間往復大学駅伝競走」を沿道で観戦することから始まるようになっているのだそうだ。

そういえばわたしも一月二日には、出しそびれた年賀状の返信をしたためながらではあるけれども、箱根の曲がりくねった急坂に挑む学生たちの力走をテレビで観戦する習慣になっている。

個人の力量を競う陸上競技はテレビで観戦して楽しいものは少ないなかで、箱根駅伝は魅力的だ。区間距離の長短、急坂の上りと下り、それに個人の技量とチームの条件が重なりあって、さまざまに順位が入れかわり、ときに意外なアクシデントも起こりうる。沿道で声援を送るものにはわからないが、テレビという媒体は全体状況をリアルタイムで送り届けてくれる。

箱根駅伝は一九二〇年に始まり、戦時の空白を除いても八十回を超える老舗競技会になっているが、その活力はテレビ放映にあずかるところ大きいのではないだろうか。日曜日の昼さがり、ふとテレビをつけると、全国都道府県対抗男子駅伝が広島の平和記念公園をスタートしたばかりのところだった。混戦模様のなか長野チームは三位と好位置につけたあたりから力こぶが入り、ついにアンカー帯刀選手がテープを切るところまで見とどけることになってしまった。

長距離競走は西高東低とばかり思っていたのだが、十三回の大会で長野が四回優勝のテープを切った。駅伝王国に躍りでたことはめでたいが、大会運営に注文もある。

中学生、高校生、大学生、社会人といったチーム編成はおもしろいが、コースがマラソンとあまり変わらないのはつまらない。全国都道府県対抗の〝駅伝〟というのならば、記録だけにこだわらず、各県持ち回りで開くことにして自慢の風景や街並みを走るような、たとえば木曾十一宿を駆けぬけてみせるような工夫があってもよいではないか。せっかくテレビが映してくれるのだから。それにしても、駅伝留学が行き過ぎるようなことだけは戒めてもらわねば。

（08・1・24）

コドモノクニは何処いった…

童画家熊谷元一さんから『子ども世界の原風景』（新葉社＝飯田市）という大判の画文集を送っていただいた。著者は一九〇九年生まれだから、今年白寿の賀を迎えたわけで、この新著はギネスブックに載るべき画業だ。

表紙をめくると見返しの二ページいっぱいに、子どもの遊びを描いた豆カット風な光景が七十点ほど、絵草紙ふうにちりばめられている。本文には同様の光景が拡大して印刷され、それに著者の思い出をこめた解説がつけられるという構成になっている。

熊谷さんは大正時代に会地村（現下伊那郡阿智村）の小学校で伸びのびと育ち、飯田中学校に進んで卒業すると村の小学校の先生になった。農村恐慌の中で教職を中断した熊谷さんは村で当時珍しかったカメラを手にし、伊那谷に焦点をあてた写真家、童画家として自立した。ふたたび教壇にもどって戦後、写真集『一年生』などの名作を残してもいる。教師・写真家・童画家という三足のわらじをはいて九十九歳になるまで、子どもの世界から目を離さずに現役でありつづけたところがすごい。

熊谷童画に出てくる子どもたちは赤いほっぺに笑みがたえない。男の子も女の子もモンペにワラ草履だが、服装はこざっぱりとして、みな丸まるとふとっている。そこには作者のこうありたいという願いがこめられている。

農繁期、子どもも家族労働の一員と扱われていた時代、せわしい中で、くぎ一本、石ころ一つを玩具として楽しむすべを心得ており、必ず遊びにはわらべ歌がついてまわる。その種類の多様さ。年長の娘の背には幼い弟妹がくくりつけられ、子守歌が伝承されていく。野良はお手伝いと遊びと学びが混然として一体となった場だったのだ。

子どもたちが心ゆくまで遊べるのは農閑期、とりわけお正月にはタコやコマ、カルタや羽子板が与えられ、遊びにもハレの季節があることがわかる。本書の副題には「コドモノクニは何処いった…」と付けられている。

（08・1・31）

コンビニ弁当16万キロの旅

夜更け、駅前の商店の灯が消えた中で、角のコンビニだけが明るい。グウと鳴るおなかからの指令で、しばしば幕の内弁当を買って帰ることがあった。

ごまのふりかかったご飯の上に塩ざけが一切れ、エビフライにとりの空揚げ、煮豆に卵焼きなど二十ほどの食材が発砲スチロールの器に詰められている。五百円に抑えこまれながら、すき腹にはどれもおいしくできている、とわたしは感嘆して食べた。

最近隔月刊の企業広報誌『グラフィケーション』(二〇〇八年三月号)に掲載された千葉保さんの「コンビニ弁当から日本の『食』が見える」という一文が、そんなわたしにショックを与えた。千葉さん監修の『コンビニ弁当16万キロの旅』(太郎次郎社エディタス)で、わたしの愛好した幕の内弁当の食材の産地を次のように分析しているそうだ。

コメ(秋田)、サケ(デンマーク・フェロー諸島)、とり肉(ブラジル)、エビ(タイ)、ニンジン(中国)、レンコン(同)、シイタケ(同)、サトイモ(同)、サツマイモ(高知)、コンニャク(群馬)、小松菜(中国)、油揚げ=大豆(米国)、たくあん=大根(青森)、白ごま(中国)、キュウリ(同)、黒ごま(トルコ)、金時豆(ボリビア)、インゲン豆(中国)、卵(愛知)。70%が外国産、五百円に抑えるために世界中の安い食材をかき集めてきていると千葉さんは指摘する。

英国の市民運動の中から食材の輸送距離を測る「フード・マイルズ」ということばが生まれたそうだ。わたしの愛好する五百円の幕の内弁当には地球四周分にあたる十六万キロの距離と、そのための燃料が煮しめられていることになる。

農林水産政策研究所があみだした食料輸入量×輸送距離で表すフード・マイレージという指標をあてはめると、日本九千二億(トン・キロメートル)、韓国三千百七十二億(トン・キロメートル)、米国二千九百五十八億(トン・キロメートル)、英国千八百八十億(トン・キロメートル)、ドイツ千七百十八億（トン・キロメートル）、フランス千四十四億（トン・キロメートル）となるそうだ。

幕の内弁当二十種の食材のうち、日本で十分に調達できないのはエビだけだろう。地産地消は焦眉の政治課題というべきではないか。

（08・3・13）

たちまち日記

三十年前、八ケ岳山麓でひと夏を過ごした折、家人が雀蜂に刺され、諏訪中央病院に駆け込んだ。風雪に耐えた木造の病舎は頼りなげに見えたが、少壮の医師のてきぱきとした処置で事なきを得た。どこかで会ったことがあるが思い出せない。

受付で支払いを済ませ、壁に掲げられている医師の名札の中に「今井澄」とあるのに気づき、六九年東大闘争で最後まで安田講堂の屋上で放水を浴びながら赤旗を振り続けた行動隊長の顔が思い浮かんで、わたしは驚いた。

長い裁判の末、静岡刑務所に服役し、ちょうどこの年の五月、未来の院長候補として今井さんは諏訪中央病院に戻ってきたばかりのこと。わずか数年で赤字病院を立て直し、諏訪地方の中核病院にするための機関車の役を果たしたあと、推されて参議院議員となり、民主党影の内閣で

「雇用・社会保障担当相」（厚生労働担当相）のポストにあった。

その激務と律義さと医者の不養生とが重複して、今井さんは六年前胃癌で急逝した。世が世なら乱麻の如き今日の社会保障制度を根本から立て直すことのできる民主党随一の働き手となったはずだ。

主亡き今井家の書斎に一個の段ボール箱が残されていた。松本少年刑務所、静岡刑務所における「獄中日記」「往復書簡」、出獄報告草稿「刑務所のくらし」。几帳面を画にかいたような故人は「房内筆記可」となった百五十七日間にわたって獄中の生活を細大もらさず日記に書きとどめている。治安維持法下では考えられない貴重なリアリズムが実現しているといってよいだろう。日記の冒頭に「夜空も澄み渡り、天高く月も輝いている。立待の月位か？　この『反省録』を『たちまち日記』とでも名づけようか」とある。七回忌にふさわしい出版。

（08・4・24）

帰ってきた小栗忠順

東京駿河台の明治大学博物館で小栗上野介《こうずけのすけ》企画展があると聞いて出掛けた。面白かった。

万延元（一八六〇）年一月十八日、遣米使節一行七十七名は米軍艦ボウハタン号に乗り、幕府艦咸臨丸で勝海舟らが随航した。正使新見豊前守、副使村垣淡路守では心許ないとみた大老井伊直弼《なおすけ》は目付に弱冠三十四歳の小栗上野介忠順《ただまさ》を任命したが、二隻の帆船が太平洋の荒波を乗り切るより早く、三月三日井伊大老は水戸攘夷派によって桜田門外で横死。

三月九日サンフランシスコで引き返す咸臨丸と別れた使節一行は、本国の異変を知らぬまま、まだ運河の通っていないパナマ地峡を汽車で大西洋側に向かい、一年近く待機していた米艦ロアノウク号に乗船、日本を出発してから百日を費やして首府ワシントンに到着、今なお現存するウイラードホテルに投宿、紋付き袴に二本差しの使節一行が水洗トイレに戸惑ったさまが想像される。

毛槍を立てた従者を先頭に、馬車を連ねてホワイトハウスに向かう一行、ブキャナン大統領に国書を渡す使節団の物怖じしない態度、フィラデルフィアからニューヨークへと巻き起こった日本ブームの演出は小栗忠順その人であることを、この企画展は暗示している。明治五年に国書も持たずに渡米した岩倉使節団とは雲泥の差があると映る。

だが、万延元年の初の遣米使節一行の事績が百五十年近く伏せられてきたことの方が不思議だ。使節を送り出した大老は既に亡く、攘夷の嵐は勢いを増していた。遣米使節報告書などを公刊する機もないまま、小栗忠順は主亡き井伊派のエースと目され、薩長の仇敵の立場に置かれる運命となる。

サンフランシスコで袂を分かった勝海舟と咸臨丸だけが、教科書にその名をとどめることとなった。

万延元年の遣米使節一行は行くところ克明に帳面を付け、金に糸目をつけずガラス、金物、火器、光学機器などを蒐集したが、監察小栗忠順《ただまさ》のメモは残されてはいない。けれども、帰国後の小栗の行動を見れば、彼が見るべきものはしっかりと見、かつ学んできたことがわかる。パナマ運河はまだ着工に程遠かったが、そこに敷設されている鉄道が国営ではなく株式会社組織で成り立っていることに瞠目し、帰国した小栗は日本初の株式会社「兵庫商社」を設立し、外国資本による貿易利益の独占を防ぐ手だてを講じた。

小布施の高井鴻山が新潟港に船会社を構想したのも小栗の示唆によるものだったというし、清水喜助（清水建設）が幕末の江戸に会社組織の築地ホテルを建てたのも小栗の指導によるものだった。

＊

フィラデルフィアの造幣局訪問の際、小栗は小型秤を出して小判とドル金貨を衡量してみせ、日米通貨の交換比率を問題にし、分析実験を迫って硬骨ぶりを示しもした。

小栗はワシントン滞在中、米海軍造船所をつぶさに見ている。勘定奉行から軍艦奉行に転出し、盟友栗本鋤雲《じょうん》と組んで横須賀製鉄所建設に取り組んだのは一八六四年のこと、幕府倒壊まであと三年。莫大な建設費を気にかける鋤雲に向かって忠順は、たとえ幕府が倒れようと「猶《な》を土蔵附売家の栄誉を残す可《べ》し」と笑って答えたと鋤雲の回想にある。

実際、戊辰戦争とともに横須賀製鉄所は無傷のまま西軍の手に帰したけれども、小栗上野介忠順は幕府方主戦派の巨魁《きょかい》と目されたものか、知行地上野国権田村東善寺に蟄居《ちっきょ》していた小栗忠順は東山道総督の命によって斬に処された。

小栗邸は初の洋館で、明治大学と道一つ距てたＹＷＣＡの辺りにあったと、小栗上野介企画展で知った。


（08・5・8、5・15）

「巡礼」と「東方の門」

一九三六年、アルゼンチンのブエノスアイレスで開かれた国際ペン大会に、島崎藤村は日本ペンクラブ代表として有島生馬とともに出席した。その渡航記『巡礼』は藤村最晩年の代表作だ。

藤村夫妻と有島を乗せた大阪商船のリオデジャネイロ丸は貨客船のため、東洋の島国から南半球の果てまで六十日もかかったが、「椰子の実」を謳いあげた詩人の魂が蘇ったかのように藤村の筆は冴え、読むものを飽きさせない。

三等客室には、ブラジル、パラグアイを目ざす八百余名の移民老若男女が乗っており、若き日に『破戒』を書いた作者の目がいつしか移民の子供の上に注がれ、子供たちを集めて童話を語りきかせたりもする。『破戒』では主人公を最後にアメリカ移民にしていたことが思い起こされる。

船旅を共にする中で藤村の関心はペン大会などよりも移民の運命へと向けられ、鋭い観察が生まれる。欧州の入植者はまず住み心地のよい住宅を建てようとする。日本の移民は掘っ立て小屋に甘んじて土地にしがみつこうとする。西欧の移民はまず教会を建てて村づくりの中心とするのに、日本人はまず小学校を中心にして集まるから、いつまでも周囲に同化できず、排日の的となる。

『巡礼』には、ブエノスアイレスでのペン大会でどのようなことが語られたかは全く触れられてはいない。彼が期待していたような深い議論はなかったということだろう。

帰途、藤村はアメリカ東部を訪ね歩いたあと曾遊《そうゆう》の地フランスに回り、マルセイユに建つ「東方の門」を確かめて帰国の途についた。

六カ月に及ぶ過酷な〝巡礼〟は老作家の命を縮めた。絵筆を握ったまま倒れたセザンヌのように、藤村の命は『東方の門』第三章の筆を擱《お》いた日に燃え尽きた。

(08・5・29)

ジュゴン裁判の行方

ジュゴンは十世紀の辞書『和名抄』に儒艮として載っているそうだ。インド洋、南西太平洋沿岸の浅海に生息し、沖縄はその北限にあたる。

ジュゴンは海草類を好む海洋哺乳類で、沖縄の干潟では食《は》み跡が蛇行して刈り取ったスジのように見えるともいう。雌は子を抱き、子の頭を水上に出して乳を飲ませるところから、古来「人魚」の名が付けられた。沖縄東海岸は太古の昔からジュゴンの揺籃《ゆりかご》の海だったのだろう。

普天間飛行場の移設をめぐって辺野古沖に計画された米軍海上基地反対のため、ジュゴンの保護を求めて、日米両国の自然保護団体らが米国防総省とラムズフェルド前国防長官を相手に起こした「沖縄ジュゴン訴訟」は世界の注目を集めるなか、サンフランシスコ連邦地裁もまた注目に値する判決を下した。

同地裁がこの提訴を受理したのは米国文化財保護法（ＮＨＰＡ）に基づくもので、同等の内容をもつ日本の文化財保護法で天然記念物に指定されている沖縄ジュゴンに海上基地建設が影響するとすれば、それはＮＨＰＡ違反となるはずだという。

米国防総省が「海上基地建設は日本単独の行為で米国の関与はない」と主張するのに対しても

同地裁は、一九九七年、二〇〇一年の二度、辺野古沖海上基地の運用条件や概念をまとめた文書の策定をあげ、米政府の関与を認定し、その「不誠実な主張」を批判している。

地裁判決は、被告が文化財保護法の必須条件の順守を怠ったとし、その順守を命ずるとともに「現在確認できる、あるいは予想される日本政府の環境アセスメントが米国文化財保護法において被告の義務を果たすのに十分かどうかを説明する文書」などを課して審理を停止した。日本政府も信を問われているのだ。

（08・6・19）

若者に観せたい映画『休暇』

東京秋葉原で追いつめられた一人の若者が引き起こした惨劇があった翌週、間髪を容《い》れずに法務大臣が三人の死刑囚の刑執行を発表したその日、わたしは都心の映画館で『休暇』という作品を観た。

婚期を逸していた主人公の刑務官が、子連れの女性と結婚する直前、一週間の特別休暇を取得するために、若い死刑囚の体が処刑台から落下するのを階下で受けとめる「支え役」を自ら買って出る。

吉村昭の原作には主人公の名はなく、「男」、「彼」として登場する。若い死刑囚にも名はなく、「彼」、「男」として登場するが、巧みに書きわけられていて読者を混乱させることはない。ある日突然中央から下達されてきた死刑執行命令によってひき起こされた拘置所内の緊迫した状況と主人公の新婚旅行の場面とが、寄せ木細工のように交互に織りなされるモノクロームの世界。

登場人物もすべて「女」、「子供」、「伯母」、「看守長」、「所長」、「同僚」…と、固有名詞が与えられていないのだが、読み進むのに混乱はない。不思議な作品なのだ。

だが、生身の俳優たちの演ずる映画では、そうはいかない。小林薫の演ずる主人公の刑務官平井透、大杉漣の演ずる人望厚い副看守長三島達郎など、映画ではじめて名を付与された現場の刑務官たちが、西島秀俊の演ずる模範囚金田真一の処刑によって引き起こされる心理的葛藤が、スクリーンに映し出され、観客の心を揺さぶる。

不思議なことに、重いテーマが観客の心を陰々滅々とさせてしまわない終わり方を、弱冠三十五歳の門井肇監督が心得ていたことは、映画が終わっても余韻をかみしめるかのように、観客が容易に席を立とうとしないところに示されていた。追いつめられている若者に観せたい秀作。

（08・6・26）

グローバル化とWTO

ノーベル賞を受賞したR・ルーカスという米国の経済学者がかってこう放言した。「わたしはアメリカでイタリアのコーヒーを飲み、日本のすしを食べ、フランスのワインを飲んでいる。世界じゅうの最高のものがアメリカで手に入る。すばらしいことだ。……にもかかわらず、WTOの会議を妨害した人々のように、自由貿易を脅かす勢力がある。工業化の恩恵は自由貿易を通じて世界に広がっていくのだから、反対派が力を失っていくことを願う。二一世紀の世界にとってたいせつなキーワードは、なによりもグローバリゼーションだ」（『地上』二〇〇八年七月号）

市場原理主義の旗手が、グローバリゼーションとWTO（世界貿易機関）の関係をはしなくも吐露したものだが、日本経済もその流れに足をとられてしまって久しい。

一昨年夭折した米原万里さんは同時通訳の名手で、グローバリズムを「国際化」と訳すのは誤訳だと早くから気づいていた。日本語の「国際化」は自分たちの基準を相手に合わせることだが、グローバリゼーションは自分たちの基準を地球化することであり、二つのことばは正反対の含意を持ち、その間には深い溝があると。

今、「最強の国」が自分の基準を世界に押しつけるグローバリゼーションと、それに合わせる日本の「国際化」が、コインの裏表のようにセットになってしまっているとも、彼女は説いて亡くなった。

グローバリゼーションのエンジン役ＷＴＯは、七月末ジュネーブでエンストを起こしたままだ。地球上の農作物はその土地土地の条件の中で、永い年月をかけて手塩にかけて作り続けられてきた。最強国の余剰農産物を、残り少ない化石燃料を使って世界中に運べば、地球上の大半の農業が衰滅するのは自明だ。


（08・8・21）

一茶探訪

開発で見る影もなくなっている北国街道の中に、上水内郡飯綱町牟礼の小玉から同郡信濃町落影にかけて「よくぞ残ってくれた」と言いたくなるような古道があることを、本紙夕刊「信州の古道を歩こう」（田中欣一氏）で教えられた。

長野の街でぽっかり時間があいたので右の記事をナビゲーターに、友人の車で北に向かった。目ざすは牟礼四ツ屋の三本松。江戸へ年季奉公に出る弥太郎少年（一茶）をここまで見送って父親は言った。

「毒なる物はたうべなよ。人にあしざまにおもはれなよ。とみに帰りて、すこやかなる顔をふたゝび我に見せよや」

突如飯綱にわきでた暗雲がゲリラ豪雨をもたらしたのは少年の涙だったか。松の根方に一茶句碑が立つ。

父ありて明《あけ》ぼの見たし青田原

三本松から小玉まではわずか数キロ、ゲリラ豪雨は避けて通ったものか、江戸と金沢の中間点を示す「武州加州道中堺」の道しるべは少しも濡れておらず、折しも日曜の昼さがり、小玉集落のお年寄りたちが道端の草刈りに余念ない姿に、雪国の結《ゆい》が夏草にまで及んでいることを目にしてわたしの心は動いた。

曲がりくねった上り坂は何の変哲もなかったが、上りつめると突然杉林が広がり、アスファルトの尽きたところから、緑したたる林の中に一筋の道がつづく。わたしはそこに、加賀百万石の二千五百の大名行列の幻影を見る思いにとらわれていた。一茶もまた幾たび往き来した道だ。

季は初秋、咲きこぼれるソバ畑に赤蜻蛉が舞っている。十数年ぶりに訪れた小丸山公園の一茶記念館は面目を一新、充実していて楽しかった。

そば所と人はいふ也赤とんぼ
蜻蛉もおがむ手つきや稲の花
遠山が眼玉にうつるとんぼ哉

（08・9・11）

アホウドリの異議申し立て

明治以来、アホウドリは羽毛採取で乱獲され、最後の繁殖地伊豆諸島で絶滅したとみられていたが、火山島・鳥島のがけっぷちを繁殖場所として半世紀かかって二千羽にまで復活したという。アホウドリをそこまで追いつめたのは人間だった。

古来、アホウドリは冬季繁殖の地として温暖な小笠原、伊豆、尖閣の諸島に飛来し、雛の体が十分成長するのを見とどけたのち、親鳥は雛を残したまま北の海へと去っていく。巣穴の中で雛は飲まず食わずのまま自力で飛翔力をつけ、ある日親を追うようにベーリング海へと飛び立つ。北米の沿岸にまで達し、成鳥になれば必ず出生の島に戻ってくる。

雛鳥を見てか明代の書『五雑俎《そ》』は「性鈍にして魚を捕ること能《あた》わず口を開きて魚鷹《みさご》の落しし魚を拾い食う」と形容し、「信天翁」と名づけた。飢渇と闘いながら飛翔力をつけている雛の不格好な姿を、天を仰いで食物を待つ翁にたとえたようだ。ベーリング海に渡る姿は見えない。

信天翁という漢字をアホウドリと訳したのは南の無人島に渡った羽毛商人たちだったに違いない。よちよち歩きの雛たちを捕らえるのには何の道具も必要とはしない。なんとアホな鳥たちという蔑んだ名が、そのまま鳥類図鑑に載って今日にいたっている。その鳴き声は、異議申し立ての悲鳴と聞こえる。

アホウドリは英語でアルバトロスと呼ぶ。その語源は知らないが、ゴルフ用語のアルバトロスは、基準打数パーより三つ少ない打数でホールアウトする場合の栄誉ある言葉。タイガー・ウッズの技量をもってしても、めったに目にすることのできない打球こそがアルバトロスともいえ、青空に大きく弧を描いて舞う白球には、ベーリング海を天かけるこの海鳥の不思議な力が映しだされている。


（08・9・25）

今田平の農家民泊

三六災害で大きな被害を受けた飯田市川路、竜丘、龍江の三地域には、二十余年前、国、県、市、中部電力の四者協定に基づく恒久治水対策事業が行われた。その結果、天竜川を挟むこの一帯は六メートルの土盛りが行われ、左岸側は今田平という名の二十ヘクタールの農業ゾーンに生まれ変わった。

その今田平で十一人の仲間で農業法人「有限会社今田平」を作った知友・竹下肇さん（71）が釣りたての鮎を携えて現れ、十余年の体験を伝えてくれた。

十一人の農業法人に土地は十分確保された。伊那地方にはすでに観光農園のノウハウが蓄積されていたから、彼らも観光農園を目ざした。夏から秋にかけてのブドウ狩り、晩秋のリンゴ狩り、冬から春にかけてのイチゴ摘みはめどがついたものの、桃と梨は失敗して初夏のローテーションに空白ができた。

その空白が意外な形でうめられたのは、飯田市観光課が十一年前から修学旅行としての「農家民泊」に本格的にとり組み始めたからだった。

有限会社今田平は修学旅行がピークを迎える初夏、農業体験に田植えをと、手をあげた。マニュアルを作ってとり組んだが、満足できるまでに三年かかった。都会の中学生には一時間が限度、三百人で一反五畝（約千五百平方メートル）が青田となり、秋には一人一人に一キロの米が届くという仕組み。

たちまちそれは地域全体に広がり、人手不足のための休耕地は姿を消した。十年間で一万人の生徒が、今田平で田植えを経験した計算になり、卒業後イチゴ摘みやブドウ狩りに来てくれ、年賀状が来るようになり、老人たちを喜ばせた。

泥田に裸足で漬かった一時間の感触は、きっといつまでも彼ら彼女らの記憶に刻みつけられるでしょうと語る竹下さんの目も輝いていた。

（08・10・2）

基礎科学が健康だった時代

十月七日スウェーデンから届いた南部陽一郎さん（87）ら三氏のノーベル物理学賞、翌八日下村脩さん（80）の同化学賞決定のニュースは長雨のあとの秋晴れにも似た爽やかな朗報ではあったが、遅きに失する憾《うら》みも残した。

現代素粒子物理学の基礎を築いた「自発的対称性の破れ」という南部理論の提唱は四十八年前。下村さんがクラゲの光から緑色蛍光タンパク質を分離し、その構造を発見したのも四十七年前とのこと。半世紀近い評価の遅延が基礎科学にたずさわる人たちの歴史を逆に照射して、さまざまな物語を生むことになる。

戦争末期、長崎の旧制中学で勤労動員に明けくれていた下村脩さんはわたしの〝兄貴世代〟だ。厳しい灯火管制のもと、日本中どこにも闇に光るホタルがいた。ホタルはなぜ光るのか？　それはわたしたちの自然への最初の問いかけだったはず。

一九四五年八月九日、多くの友人が動員先の工場で原爆の犠牲となった。生き延びた下村さんはやがて長崎医大薬学専門部を終えたものの就職の門は狭く、名古屋大学の研究生として、ウミホタルの光源をこつこつと研究した。実験は誰もまねることのできぬほどうまかったという。

それが何の役に立つかなどと考えもしなかった論文が、下村さんを米ウッズホール海洋生物学研究所へ結びつける機縁となった。二十世紀初め野口英世が蛇毒のワクチンを作るためしばらくいたことのあるこの研究所で下村さんはオワンクラゲの発する光の輪に魅せられ、研究を続けてきた。

これまでに採取したクラゲは八十五万匹。ウッズホールをはじめ米国の研究機関に根づいていた基礎科学の底力が見てとれる。独立行政法人という利に直結する現在の日本の研究機関に、その力があるだろうか。

（08・10・16）

朝の読書大賞

〝学級崩壊〟という現象が教育現場を悩まし始めていたころ、千葉県内のある高校の教師らが行っていた「朝の読書」という実践が注目されていると聞いたことがある。

「始業前十分間」「みんなでやる」「好きな本でよい」「ただ読むだけ」という「朝の読書四原則」を教えてくれた知りあいの教師の小学校でも、すでに取り組んでいると聞いて、わたしは少し驚いた。子供たちの最初の反応にはとまどいもあって、すぐ飽きてしまったり、ざわついたりということもあったが、慣れるにつれて不思議なほど静かな十分間が実現して教師たちもびっくりしたほどだったという。

官製とはちがう「朝の読書」は、やがて「朝読《あさどく》」という略称とともに全国に広がってゆき、二〇〇八年度の実施校は小学校一万六千百十八、中学校七千八百三十九、高校千八百八十八の合計二万五千八百四十五校となっている。司書教諭の果たす役割も見逃せない。

出版社の集合体である全国出版協会にとって、「朝読」は〝大顧客〟でもあり、その恩顧に報いなければならない。その全国出版協会に先年、物故したトーハン元社長高橋松之助氏の夫人から故人の遺志を体して活字文化の振興のための基金が寄せられていた。この基金をもとに、高橋松之助記念「朝の読書大賞」が昨年から設けられ、わたしも選考の諮問にあずかることとなった。

読書の秋にあたって全国の小、中、高校から大賞に選ばれたのは、岩手県下閉伊郡川井村立川井小学校、沖縄県石垣市立石垣中学校、高知県立安芸中・高等学校の三校。中央から遠く離れた地に読書運動が実を結んでいるのが嬉しい。戦時下極貧の読書体験しか持ち得なかったわたしから見れば、この国の未来は必ずしも暗くはない。

（08・10・30）

いのちの授業

豊後高田市の中学の養護教諭山田泉さんが乳がんと診断され、生徒に直接お別れを告げる間もなく保健室の白いボードに「元気になって戻ってくるからね」と書き残して入院したのは八年前のこと。

二年後に復職してみると、ボードの文字がそのまま残っているのに驚き生徒に尋ねると、卒業生たちが、「山ちゃんちゅう人が、帰ってくるまで消すな」と言っていたという答えが返ってきて、山ちゃんの目から嬉し涙がこぼれた。

だが翌日、廊下でふざけて取っ組みあう男生徒の「バカか、おまえ」「死んじょけ!」「ぶっ殺すぞ!」ということばや、一人の女の子の髪をなぶって笑いあう女生徒の一団の姿が山ちゃんの心を暗くする。

保健室のベッドに寝ころがっている生徒に、「ほら、起きて!」と声をかけると、「やだ。おれ、がんじゃも〜ん」と笑う男生徒のことばが、彼女の胸を衝き、「乳がん患者の会」で励ましあってきた自信がぐらぐらと揺らいだ。

甲状腺の病で保健室によく来る女生徒にその悩みを打ちあけると、「きついのは山ちゃんだけ

2008

じゃないよ。自分のいのちも大切じゃけれど、人のいのちを大切じゃち気づくような授業をしにきてよ」という女生徒の一言が、山ちゃんの背中を押し「いのちの授業」は始まったと、山田泉さんの手記（『婦人之友』二〇〇八年十一月号）にある。

性教育や人権、平和、障害者支援に情熱を注いだ山ちゃんは職場で孤立しがちだったが、「いのちの授業」に肺腫瘍で休職体験を持つ教頭が協力し、膵臓がんで夫人を亡くした校長が教育委員会から予算をとってきてくれた。

ホスピスからかけつけた末期の患者を含め二年間四十人が「いのちの授業」に参加。汚職にまみれた大分県で明星のように輝いた山ちゃんの命は、十一月二十一日の朝尽きた。

（08・12・4）

「緑響く」が汚される

中学生のころ、兄とともに北八ケ岳の山腹標高二千百十五メートルにある白駒池に出かけたことがある。途中の風景は記憶から消えているのに、朽ち果てた幾多の倒木を踏み越えた向こうに、突然陽に輝く湖が現れたときの歓びが、残像として焼きついている。戦争が終わってまもない夏の昼さがり、湖畔に人影はなく光の中で水鳥が戯れていた。

東山魁夷さんの「緑響く」を見たとき、その残像が甦った。緑に囲まれた湖畔に白馬が一頭描かれた構図は白駒池に違いないと思ったのだが、彼岸を埋めつくし、その姿を湖面に映す木々は、亜高山帯の唐檜《とうひ》ではなく、落葉松ではないか。

のちに麦草峠をこえて足しげく茅野にくだるようになり、夕闇の奥蓼科で落葉松林に消える鹿の群れを見た。翌朝宿を出てまもなく、左手に小さな湖があるのに気づいて車を降りると、御射《みしゃ》鹿《か》池という標識が目に入った。湖畔に白い馬をおけば、まがうかたなく、「緑響く」の構図が、眼前に広がっていた。

古来、八ケ岳西麓一帯は神野と呼ばれ、諏訪大社上社の春の神事には七十五頭の鹿が御贄《にえ》として奉進された。御射鹿池の名にも、縄文の昔をしのばせるような故事がひそんでいるのでもあろうか。四季を通じて、そこには人をひきつける清澄なたたずまいがあった。

その御射鹿池の湖畔に長谷工コーポレーションが管理棟を兼ねた温泉施設と九十六区画の別荘を建てると申請し、「技術基準を満たしている」として県が認めたという本紙の報道はわたしを驚かした。信州の景勝の多くは温泉発掘で消え去りはしないか。「風景は、いわば人間の心の祈りである。…汚染され、荒らされた風景が、人間の心の救いであり得るはずがない」と東山魁夷さんは書いている。

（08・12・11）

会社が壊れるとき

出版社というのはグーテンベルク以来伝統産業だが、その規模はおしなべて中小零細企業だ。アダム・スミスの『国富論』、マルクスの『資本論』、ケインズの『雇用・利子および貨幣の一般理論』など出版社なしに世に伝わらなかったはずなのに、出版社自身は経済学の対象となることはなかった。小規模な上に、興亡著しい業種だったからでもあろうか。

わたしが中央公論に入社したのは五十年前のこと、東京・京橋に新築まもない七階建ての社屋があった。谷崎潤一郎の『細雪』などのベストセラーで建ったのだと聞かされたが、社員七十数名は一、二階で足り、三階以上は貸しビルになっていた。

ビル建設が地道な社風を変える契機となったのか、一攫千金《いっかくせんきん》の志向が内在していたものか。週刊誌競争に参入して失敗し、右翼の攻撃にさらされた『風流夢譚《むたん》』事件で存続の危機に立たされたりもしたが、池田内閣の所得倍増政策を追い風にして出版した全集企画『日本の歴史』の第一巻は六十万部を超え、最終の二十六巻まで歩留まりはよかった。

確かにその出来栄えはすぐれており、今もわたしの書棚にあって役立っているのだが、いったん拡大した社業を維持し、さらに発展させようとすれば、同工異曲の大型企画がめじろ押しに並ぶこととなる。

じっさい当時の職場をふり返ると、内情は矛盾に充ちていた。確かに所得は倍増し、ボーナスも一時は世間並みを超えたけれども、残業につぐ残業。大卒新人を採るゆとりはなく、同業他社の即戦力が引き抜かれた。気がつけば、五年ほどの間に従業員は三倍四倍になり、その多くが嘱託という名の非正規雇用だった。

長い労使交渉の末、全員正規雇用に切りかえることができたものの、いったん失われた社風は甦らず、他社に吸収される道をかけくだった。

（08・12・18）

暗澹たる医療・福祉政策（二〇〇六―〇八年を振り返って）

（二〇一〇年八月記）

この三年間に総理大臣が四人入れ替わったということは、甚だしく社会的安定を欠いた時代だったことを意味する。それは文化とか福祉において顕著だった。新聞に「年金問題」という活字が踊らぬ日はなく、読んでも事態がどうなっているのか理解することは難しかった。

二〇〇六年「年頭豪雪に思う」の中にわたしは、テレビが死者七十名を超え負傷者千名を上回ると報じたと書きとめている。特徴的なことは犠牲者の多くが豪雪の中に孤立しておかれた高齢者だということだ。雪おろしのできなくなった二十坪の家の屋根に四メートルの雪が積もれば七十トンになることを知っていた田中角栄時代には生じなかった事故ともいえる。

豪雪のみならず、地震、暴風雨、火事などの報道でも、犠牲者に孤立した高齢者が多くなっているのはこの頃からのことのような気がする。

免疫学の多田富雄さんは十年ほど前、信濃毎日新聞の「今日の視角」の執筆者の一人だった。金沢の旅先で脳梗塞に倒れた彼が懸命なリハビリの中で書いた「小泉医療改革の実態――リハビリ患者見殺しは酷《むご》い」（『文藝春秋』二〇〇六年七月号）は、障害を持つ患者のリハビリが最長六カ月で打ち切られる実態になったことに対して「小泉首相に問いたい」として、――障害を持ってしまった者の人権を無視した今回の改定によって、何人の患者が社会から脱落し、尊厳を失い、命を落とすことになるか。そして一番弱い障害者に「死ね」と言わんばかりの制度を作る国が、どうして福祉国家といえるのであろうか。――と投げかけた。

その数カ月後、わたしは腰椎狭窄症の手術を受ける身となり、入院した病院で重度の障害を持つ人たちが、多田さんと同じ立場に置かれているのを見ただけではなく、わたし自身、術後のリハビリを三カ月に制限される経験を持った。

わたしが腰の手術をして半年ほどしたある日、市役所を経由して東京都から一通の封書を受け取った。開くと中から、折れ線の刷りこまれた一枚の文書が出てきて、鋏《はさみ》を入れよと記されている。折れ線にそって鋏を入れて折りたたむと、表紙に当る部分に「後期高齢者医療証」とあって、従来の健康保険証は廃止されたとも記されていた。手許の『広辞苑』（第五版一九九八年）を開くと、「後期高齢者＝一般に七十五歳以上の高齢者のこと。この年齢層は有病率や日常生活上の困難が急増する」とあった。送られてきた医療証には三割負担と捺されていた。

本書最終の「会社が壊れるとき」は〇八年十二月十八日に書かれたものだ。〇九年一月の冒頭でわたしは日比谷テント村のことを書いた。新聞よりも早く、元旦早々のテレビニュースで、職を失った非正規雇用の人びとがテントで越年したことが世界中に知れ渡ったのであった。暗いニュースではあったものの、日比谷テント村にはどこかに明るさに通ずるものが感じられたのが救いだった。

あとがき

本書に収録された百六十の掌篇は『信濃毎日新聞』夕刊のコラム「今日の視角」欄に二〇〇〇年から二〇〇八年まで書き継がれた中から選んだものである。振り返れば一九七八年の晩秋、わたしは同紙東京支社の報道部長小関武彦さんとお会いした。郷里を出て四半世紀以上たっていたので、「信毎」と愛称をもって呼んでいたこの新聞をわたしは久しく読んでいなかったが、夕刊一面に一人の老記者が書いてきたコラム「今日の視角」を新年から部外の筆者六人に書いてもらうことになったという。ついては週一回登場してほしいというのが、小関さんの依頼であった。

千字足らずとはいえ、「今日の視角」と題する文章を毎週まとめるのは、気忙しい生活をしていた当時のわたしには自信がなかったが、小関さんは、コラム名にこだわる必要は全くなく、身辺雑記でかまわない、腹が立つことがあったらぶちまけるがよいと説いた。さて新年から期間はいつまでなのかと問うと、期限なんて設けてはいない、つづけられる限りお書き下さいというのであった。このことばはわたしを驚かせるとともにおじけづかせながら、〝期限のない依頼〟がわたしの気持ちをふるい立たせる効果ともなった。

わたしはいつしか週一回の記事を週番日誌と位置づけ、あるときは疎遠になった郷里の知人への手紙のようなつもりで速達便に託するようになっていたが、途中でファクスという便利なものができ、新技術に無知なわたしは、一枚一枚ファクスで送りながら、雨降りの日、途中で濡れたり、消えたりしないかと心配したりしたものだった。それからまたたくまに十年がたったとき、昭和という時代が幕を閉じた。その十年の間わたしが「今日の視角」に写しとろうとしたものは「昭和の晩年」の時間に他ならず、縁あってみすず書房から『昭和の晩年』と題して出版されたことがたとえようもなく嬉しかった。わたしの郷里の古称「信濃」には、万葉の時代「水篶《みすず》刈る」という枕詞がつけられていた。その美称を冠するみすず書房だったからである。

*

わたしの「今日の視角」二十年目は『歴史のつづれおり』と題され、三十年目の今回はこの七月に『すぎされない過去』、そして九月に『わすれがたい光景』と名づけられ、いずれもみすず書房から出版されることとなった。『すぎされない過去』には「政治時評」、『わすれがたい光景』には「文化時評」という副題が付いた。双生児のようなこの二点の書物の一篇一篇の文末に、編集部の手で新聞掲載年月日が付されている。日付を照らし合わせながら二冊を読み比べていただくと「政治時評」「文化時評」のサブタイトルが生きてくるかもしれない。出版にあたっては編集部長守田省吾、同課長島原裕司両氏に大変お世話になった。稀にみる猛暑のもとで校正を担当下さった黒澤照代氏を含めお三方に深謝申しあげる。新聞連載時から多くの方々にいただいたご教示にたいしてあらためてお礼申しあげたい。

二〇一〇年八月二十七日

井出孫六

著者略歴

（いで・まごろく）

1931 年長野県南佐久に生まれる．55 年東京大学文学部仏文科を卒業，都内中学，高校で教職につく．58 年中央公論社に入社，雑誌編集に携わる．69 年に退社．以後著述に専念し，小説・ルポルタージュの分野で活躍．著書は，第 72 回直木賞を受賞した『アトラス伝説』（冬樹社 1974）をはじめ，『秩父困民党群像』（新人物往来社 1973），第 13 回大佛次郎賞受賞作『終わりなき旅――「中国残留孤児」の歴史と現在』（岩波書店 1986，2004），『昭和の晩年』上下（みすず書房 1989），『信州奇人考』（平凡社 1995），『ねじ釘の如く――画家・柳瀬正夢の軌跡』（岩波書店 1996），『歴史のつづれおり』（みすず書房 1999），『柳田国男を歩く――遠野物語にいたる道』（岩波書店 2002），『中国残留邦人――置き去られた六十余年』（岩波書店 2008），『すぎされない過去――政治時評 2000-2008』（みすず書房 2010）など多数．

井出孫六
わすれがたい光景
文化時評 2000-2008

2010年 9月 7日 印刷
2010年 9月17日 発行

発行所 株式会社 みすず書房
〒113-0033 東京都文京区本郷5丁目32-21
電話 03-3814-0131(営業) 03-3815-9181(編集)
http://www.msz.co.jp

本文印刷所 萩原印刷
扉・表紙・カバー印刷所 栗田印刷
製本所 青木製本所

ISBN 978-4-622-07541-7
[わすれがたいこうけい]